HEINZ GSTREIN
DER KARAWANENKARDINAL

HEINZ GSTREIN

DER KARAWANENKARDINAL

Missionare, die Geschichte machten:

CHARLES LAVIGERIE
Kardinalerzbischof von Algier und
Carthago, Primas von Afrika sowie
Gründer der Weißen Väter

VERLAG ST. GABRIEL, MÖDLING — WIEN
STEYLER VERLAG, ST. AUGUSTIN

Umschlagentwurf Gottfried Pils

Gemeinschaftsproduktion der Verlage
Verlag St. Gabriel, Mödling
Steyler Verlag, St. Augustin

ISBN 3 85264

Steyler Verlag, St. Augustin, 1982

ISBN 3 87787

Druck: Druckerei St. Gabriel, Mödling
Printed in Austria

Zum Geleit

Kardinal Charles Lavigerie (1825—1892) ist schon zu Lebzeiten durch seinen heroischen Einsatz für ein Wiederentstehen des dem Islam anheimgefallenen Nordafrika in die neueste Kirchen- und Missionsgeschichte eingegangen. Sein Wirken als katholischer Oberhirte für Algerien und Tunesien sowie als Gründer der Weißen Väter war vorläufiger Höhepunkt in einer hoffnungsvollen Heimkehr der Kirche in jenen Raum, der bis ins 7. Jahrhundert mit einem Tertullian, Cyprian und Augustin aus der alten christlichen Welt einfach nicht wegzudenken war. Die seit dem Hochmittelalter datierenden Bemühungen von Trinitariern und Merzedariern sowie vor allem dann im 17. und 18. Jahrhundert der Lazaristen (vgl. in derselben Reihe „Missionare, die Geschichte machten": Der Heilige aus der Kanone — Jean Le Vacher, Mödling — St. Augustin 1980) schienen im Lebenswerk Lavigeries ihre Erfüllung zu finden.

Von der heutigen Situation in Nordafrika her betrachtet, wo seit dem Ende der französischen Kolonialzeit ab 1962 der Islam erneut im Vormarsch ist, steht Lavigerie am Gipfel wie auch am Ende der abendländisch-kolonisatorischen Missionsära. Sie hatte mit dem Aufbruch der Seefahrer und Glaubensboten nach Indien und Amerika begonnen und suchte die Verkündigung der christlichen Heilsbotschaft fast durchwegs mit politischer und kultureller Assimilierung an europäische Gegebenheiten und Vorstellungen zu verbinden. Dem großen Kardinal von Algier ist aber noch zu Lebzeiten bewußt geworden, daß er das Rad der Geschichte nicht einfach zu den Tagen des alten christlichen Nordafrika zurückdrehen könne, daß es nicht genüge, islamische Waisenkinder zu sammeln, um sie zu Katholiken und gleichzeitig „kleinen Franzosen" zu machen.

Daher begann er, seinen Weißen Vätern die Begegnung und Auseinandersetzung mit dem Islam in seiner Gesamtheit ans Herz zu legen. Diese große Aufgabe wurde nach seinem

Tod im tunesischen Manuba seit 1926 von einem Institut der Weißen Väter fortgeführt, das die Päpstliche Studienkongregation 1960 zum „Institut Pontifical d'Etudes Orientales" erhob. Doch 1964 mußte es nach Rom übersiedeln, wo es seitdem als „Pontificio Istituto di Studi Arabi" an der Piazza San Apollinare steht und zu einem immer unentbehrlicheren Partner für die 1974 unter dem Vorsitz von Kardinal Sergio Pignedoli (gest. 1980) geschaffene „Kommission für die religiösen Beziehungen zum Islam" geworden ist.

Das von Lavigerie begründete Wirken der Weißen Väter geht aber nicht nur in islamischer Richtung. Seit der „Karawanenkardinal" die ersten Missionskarawanen durch die Sahara nach den Sudanländern und bis Ostafrika sandte, ist Schwarzafrika ein wichtiger, ja derzeit der wichtigste Aufgabenbereich seines Verkündigungswerkes geworden.

Nicht zu vergessen der Einsatz des jungen Lavigerie unter den bedrängten Orientchristen im Libanon und in Syrien. Die Weißen Väter setzen diesen Auftrag in Jerusalem an ihrem Nahoststützpunkt St. Anna fort. Dieses Werk ist jetzt, angesichts der Ausgeliefertheit von Maroniten, Melkiten, Armeniern und christlichen Syrern an eine immer fanatischere Re-Islamisierung mindest wieder genauso wichtig wie in Lavigeries Tagen geworden.

+ + +

Die Eindrücke für dieses Buch wurden auf Reisen in Algerien 1975, Tunesien 1972 und 1975, im Libanon 1965, 1975 und 1977 sowie in Syrien 1974 gesammelt und dann am Archiv der Weißen Väter in Rom durchgearbeitet. Als Leitfaden für die Gestaltung dieses Büchleins diente dabei das zweibändige Werk von Baunard, „Le Cardinal Lavigerie", Paris 1922. Das Bildmaterial wurde größtenteils auf den Reisen selbst fotografiert, der Rest alten Büchern und Kartenwerken entnommen.

Marina di San Nicola, am 24. November 1981,
dem Todestag von Kardinal Lavigerie

Heinz Gstrein

Der Judentäufer von Bayonne

Rabbiner Andrade schaute betroffen auf den kleinen Arele, der wie eine getaufte Maus vor ihm stand. Aus seinen Schuhen rannen Wasserbächlein über die Fliesen der Synagoge von St-Esprit. In diesen Vorort von Bayonne waren vor vielen hundert Jahren die verfolgten Juden Navarras aus den Pyrenäen herabgestiegen und hatten ihre berühmte Gemeinde gegründet: Nefusot Juda — die Zerstreuten aus Juda.

„Vom Quai Bergeret hat ihn der Baskenlümmel in den Adour getaucht", jammerte Mutter Schoscha. Sie war händeringend hinter ihrem Jüngsten aufgetaucht: „Dann hat er dem Bübele wenigstens aus der Flut geholfen, ihm ein paar Sous hingeworfen, doch fanatisch gebrüllt: ‚Jetzt bist du ein Christ, hab' dich getauft, ob du es willst oder nicht!' " Schoscha und Arele schnappten nach Luft, warteten mit offenen Mündern auf Rat und Hilfe des weisen Rabbi, der seine Gläubigen schon 1806 vor dem großen Napoleon so klug vertreten hatte. Seitdem waren gut 30 Jahre vergangen, Andrade ein alter Mann geworden, doch sein Geist hell und sein Eifer ungebrochen.

Er fühlte sich an längst vergangene Zeiten gemahnt: Bis gegen 1730 mußten sich die jüdischen Bürger Bayonnes tatsächlich äußerlich als brave Katholiken tarnen. Zwar hatten sie schon seit 1623 ihren eigenen Friedhof, den Campat de St-Simon. Aber auch dort mußten sie ihre Toten nach christlichem Brauch vom Priester einsegnen lassen, alle Geburten in die kirchlichen Taufregister eintragen. Das große Jahr der Freiheit hatte erst 1752 mit einer ersten Gemeindeordnung der Juden von Bayonne geschlagen, und 1765 war ihre allerletzte Klage gegen Übergriffe katholischer Nachbarn vermerkt worden. Doch jetzt! In Monatsfrist schon der fünfte Überfall auf jüdische Kinder, die von einem Missetäter jugendlichen Alters zur „Taufe" mit Kübeln übergossen, Kopf voraus in die Brunnen gesteckt oder jetzt gar in den Fluß gestürzt wurden. Da mußte er einschreiten.

Der Rabbiner legte sich gleich am nächsten Nachmittag auf die Lauer. Als seine Schüler nach der Lektion in Talmud-Torah die Rue Maubec ins Judenviertel hinübertollten, stellte er sich hinter einen dicken Alleebaum. Andrade sah, wie der schmächtige Chaiml mit seiner Schuhschnalle zu tun bekam und hinter den lärmenden Gefährten zurückblieb. Er setzte sich auf den Randstein und bastelte an dem Schaden herum. Sonst war die Straße wie ausgestorben.

Da — von der Heilig-Geist-Kirche herauf das Hallen rascher Schritte. Ein kräftiger Bursch mit braunen Prachtlocken sprang um die Ecke, faßte das Jüdel am Genick. Verschwunden waren sie alle zwei.

Andrade keuchte ihnen nach, so schnell das seine über 70 Jahre erlaubten. So ein Lümmel von einem Goj! Er konnte ihn gerade noch sehen, wie er sein Opfer über den Place Sainte Ursule zerrte. Der „Judentäufer" schien diesmal den Quai flußabwärts anzusteuern. So nahm der Rabbi die Abkürzung durch eine Seitengasse. Er war der erste am Ufer des Adour.

Charles bereitete der schüchterne Widerstand des kleinen Juden weder Mühe noch Verzögerung. Es war schon der sechste, den er vor der Hölle bewahrte, rechnete er schnell nach. Wie würden sich Marianne und Jeanette wieder freuen! Er hatte heute den weiten Weg von der Schule drüben an der Kathedrale über die beiden Brücken nach Hause in Huire doppelt so schnell gemacht, das Mittagessen hinuntergeschlungen und seine Hausaufgaben in Windeseile erledigt. Köchin und Dienstmädchen öffneten ihm die Hintertür für sein missionarisches Täuferwerk. Die beiden waren die einzig frommen Seelen in Charles' bürgerlich-liberalem Elternhaus.

Schnaufend erreichte er jetzt die Kaimauer. Er sah sich nach rechts und links um, schwang seinen Zwangstäufling am Kragen über das Wasser hinaus und begann halblaut: „Ich taufe dich im Namen des Vaters und des Sohnes und . . ."

Eine feste Hand riß beide zurück. Charles sah sich einem

alten Herrn mit schwarzem Hut und langem, silberweißem Bart gegenüber. Der goldgefaßte Zwicker war ihm in der Aufregung auf die Nasenspitze gerutscht. In seinen sonst gütigen Zügen stand die Empörung geschrieben. Charles glaubte sich an diese Gestalt erinnern zu können. Papa, dem man selbst eine jüdische Abkunft nachsagte, lud sich als Zolldirektor gerne reiche Juden zu seinen Abendgesellschaften ein. Oder war es letzten Sommer in Biarritz gewesen?

Auf jeden Fall ließ er den unvollendeten Täufling fahren, der sich hinter dem kaftanartigen Mantel des Greises verkroch. Selbst trat er den Rückzug an der Kaimauer an. Sein Bekehrungsversuch drohte ein böses Ende zu nehmen. Bevor er jedoch entwischen konnte, faßte ihn Rabbi Andrade am Ohr: „Wie heißt du, Tunichtgut?"

„Charles . . . Martial . . ."

„Weiter!" drängte der Schutzengel Chaimls und griff mit der anderen Hand kräftig in den Lockenkopf.

„. . . Lavigerie, Herr Lehrer!"

Bei einer solchen Verhörmethode an Ohren und Haaren glaubte es Charles sicher mit einem Pädagogen zu tun zu haben. Der Rabbiner aber traute seinen Ohren nicht, als er den Familiennamen des wilden Christenknaben hörte. Lavigerie? Das konnte doch nicht gar ein Sprößling von Leon-Philippe Allemand-Lavigerie sein, der gleich drüben in Huire ein — auch für Juden offenes — großes Haus führte? Den er selbst mehrmals besucht hatte? Dessen Doppelname auf alte jüdische Herkunft aus Angouleme hinwies?

In seiner Betroffenheit lockerte der Rabbiner den Griff — und entwischt war ihm der Schlingel. Charles rannte wie ein Wilder Richtung Elternhaus, sah sich an jeder Ecke um, ob ihm der alte Herr auf den Fersen sei. Als er nichts mehr von diesem bemerkte, fiel er in langsameren Trab. Dennoch war er in Schweiß gebadet, als er sich durch die Hintertür des Gartens schob und zu Marianne in die Küche schlich.

„Da bist du ja schon wieder", begrüßte sie ihn vom Herd, ohne sich umzudrehen. „Ist es mit deinem Täufling heute so schnell gegangen, oder hast du keinen gefunden? Wart —

ich streiche dir ein großes Butterbrot!" Die alte Jeanette — sie hatte wohl die Stimme ihrer Nichte gehört — kam aus der Gesindestube angetrippelt und stieß auf der Schwelle einen Schrei aus: „Charles, wie siehst du denn aus? Was ist passiert?" — auch die kräftige Köchin beteiligte sich jetzt händeringend an dem Gejammer.

„Ein alter Jude hat mich gestellt, als ich beim Taufen gerade zum Heiligen Geist gekommen war", brummte der Junge mit vollem Mund. Wenn er vor etwas Angst hatte, meldete sich immer großer Hunger, und da kam ihm der Riesenbutterknollen auf dem Drittel Brotlaib gerade recht. „Er hatte einen langen Bart, runde Augengläser, schwarzen Hut und Mantel. Mir kommt vor, ich hab' ihn schon ein oder zweimal am Abend in unserem Salon gesehen, als mich Mama mit den Streichhölzern und frischen Zigarren herumschickte."

„Es wird doch nicht der Herr Rabbiner sein", flüsterte Jeannette verschreckt. Sie kannte alle Gäste im fröhlichen Haus der Lavigeries, von denen nach der Beschreibung ihres Lieblings nur Rab' Andrade in Frage kam. Das konnte ja schön werden!

Vom Hauptportal läutete heftig die Hausglocke. Mit einer bösen Ahnung flüchtete Charles auf sein kleines Zimmer im ersten Stock, spähte durch die Gardinen nach unten. Eben verschwand die ehrwürdige Gestalt in der geöffneten Tür. Bald würde ihn Papa nach unten ins Arbeitszimmer rufen. Charles holte das wegen des Spotts seiner Geschwister unter der Matratze versteckte Marienbild hervor und begann zu beten. Jetzt war es wohl auch endgültig mit dem Traum aus, den ihm die Eltern schon so oft abgeschlagen hatten: Nach Larressore aufs Kleine Priesterseminar zu gehen!

Papas Appell ließ nicht lange auf sich warten. Jeanette war die Überbringerin des gestrengen Auftrags, sich sofort mit gewaschenen Händen und in ordentlichem Aufzug nach unten zu begeben. Während sie seinen Kragen zurechtzupfte, bereitete sie Charles vor, sich auf das Schlimmste gefaßt zu machen. Als er dann das hochrote Gesicht seines Vaters sah, wußte er gleich, wieviel es geschlagen hatte.

„Auf die Knie mit dir, du Unglückssohn!" schrie Papa Lavigerie, daß ihm die Schläfenader schwoll: „Wer hat dich zu so abergläubischem Unsinn angestiftet, Juden zu taufen? Franzosen sind wir alle, nur die Pfaffen wollen uns spalten und an den Papst verschachern!"

Zum Unterschied von seinem erbosten Vater glaubte Charles an dem Besucher im Lehnstuhl, seinem Bekannten vom Adour-Quai, eine gewisse Milde, fast Wohlwollen zu bemerken. So faßte er Mut zu seiner Verteidigung:

„Aber Papa, ich habe die Judenbuben schrecklich gern. Deshalb will ich ja nicht, daß sie in die Hölle kommen."

Der Rabbiner seufzte, doch Papa geriet nur weiter in Rage: „Du heiliger Napoleon, so ein Trottel will mein Fleisch und Blut sein. Die Juden in die Hölle! Woher weißt du denn überhaupt, daß es eine Hölle gibt? Hier", er stampfte mit dem Fuß auf den glänzenden Parkettboden, „in diesem Leben, in dieser Welt ist Himmel und Hölle. Was hab' ich dich nur hinüber nach Saint-Léon auf die Schule geschickt! Die Augustiner sind zwar seit der Revolution glücklich ausgetrieben, ihr Ungeist spukt aber anscheinend immer noch in den alten Mauern!" Rab' Andrade war den Auslassungen des Freigeists mit sichtlichem Unbehagen gefolgt und wollte daher ein vermittelndes Wort einlegen:

„Komm einmal her zu mir, Charles!" Der Junge rutschte auf den Knien auf ihn zu, bis ihn der alte Herr an den Händen faßte, ihn emporzog und ihm mit wasserblauen Augen tief in die Seele schaute:

„Jetzt erzähl einmal, mein Kleiner, wie du auf die Idee von der ganzen Judentäuferei gekommen bist. Daß du es im Grunde gut gemeint hast, glaube ich dir inzwischen ja."

Der jüdische Priester mußte bei Papa in hohem Ansehen stehen, denn es kam nur ein zorniges Schnauben, aber kein Widerspruch von seiner Seite. So faßte sich Charles ein Herz: „Wissen Sie, Hochwürden, ich möchte so gerne Missionar werden und die Menschen taufen, die ohne die Heilsbotschaft noch so traurig sind."

„Haha", fiel jetzt doch der Vater ins Wort, „er hat sich

sogar schon einmal die Haare lang wie der Klerus wachsen lassen. Und als ihn meine Frau darauf zum Friseur schleppte, schnitt er sich am nächsten Tag eine Tonsur auf den Schädel. Wie der nur so aus der Art geschlagen ist! In unseren Familien hat es nie religiöse Fanatiker gegeben."

„Schon gut, mein Freund", beschwichtigte Andrade. „Ich will aber von Charles hören, wieso er ausgerechnet auf die Judenknaben von Bayonne verfallen ist. Will er für Jesus Seelen retten, so gibt es reiches Betätigungsfeld in Übersee. In Algerien zum Beispiel, das eben jetzt seinen ersten französischen Bischof bekommen hat. Vom Jahr 730 bis zu diesem 10. August 1838 ist dort nur mehr der Ruf des Muezzins ertönt. Warum also nicht die geistliche Laufbahn einschlagen, statt hier kleine Juden mit Wasser zu schrecken?"

„Aber, guter Herr, ich will doch schon längst aufs Knabenseminar. Ich bin jetzt dreizehn, letztes Jahr hätte ich spätestens eintreten müssen. Und so bin ich eben aufs Judentaufen gekommen . . ."

„Laß uns allein, Charles", sagte der Rabbiner, „ich muß mit deinem Vater reden. Und solltest du einmal nach Algier kommen, dann nimm dich auch der Juden an. Wir haben über zehntausend in der Stadt".

Am nächsten Morgen marschierten Vater und Sohn Lavigerie in ihrem Sonntagsstaat zu Msgr. Lacroix, dem Bischof von Bayonne. Mama Laura-Luise hatte die ganze Nacht geweint und Szenen gemacht, weil sie ihren Sohn nicht an die Kirche verlieren wollte. Sie hatte sich doch schon alles für die kleine Julien aus Paris zurechtgelegt, mit ihrer Schwester ausgemacht, daß Charles und Brigitte einmal ein Paar werden sollten. Diesmal hatte sie den kürzeren gezogen. Ihr Sohn würde nicht ewig am Kleinen Seminar in den Vorbergen der Pyrenäen bleiben. Wollte er wirklich Missionar und nicht nur ein kleiner Landpfarrer werden, mußte er früher oder später auf die Theologie. Nach Paris zum Beispiel. Da mußte dann einfach Brigitte in Aktion treten. Und die wäre kein Weibsbild, wenn sie Charles nicht seine Flausen austriebe!

Inzwischen waren Vater und Sohn ins Empfangszimmer

des Bischofs geführt worden. Ein imposanter Raum, überall gelber Samt, auf dem Sofa der Kirchenfürst in violetter Soutane.

„Du hast also den Priesterberuf erwählt?" fragte Msgr. Lacroix freundlich den Jungen, nachdem er sich die gespreizte Einleitung des Vaters angehört hatte, der ihm gar nicht als Kirchenlicht bekannt war.

„Ja, Monseigneur!" hauchte Charles.

„Und weshalb hast du dich zum Priesterberuf entschlossen?" bohrte der Bischof weiter. Er war für sein Interesse an der Dorfseelsorge bekannt, kein großer Freund der Entsendung von Priestern in ferne Länder, wo man sie doch in Frankreich so nötig brauchte. Der Knabe antwortete daher mit innerem Widerstreben, wie er zuvor instruiert worden war:

„Ich will Landpfarrer in unserer Diözese werden!" Doch Monseigneur antwortete nach einer kurzen Pause überraschend: „Geh also jetzt einmal aufs Seminar von Laressore. Und dann gehe, wohin Gott dich will!"

Die größere Liebe

Der Sommer ging seinem Ende entgegen. Jahre waren vergangen, seit ein Dentist aus Bayonne, Freund der Familie Lavigerie, den damals fünfzehnjährigen Charles bei Onkel Julien in Paris abgegeben hatte. Die Eltern wollten nicht mehr für die bescheidenen Pensionatskosten am Seminar Larressore aufkommen, hatten daher ein Stipendium am neuen Pariser Juvenat des berühmten Abbé Dupanlup ausfindig gemacht. Das war wenigstens ihre Version der Dinge, bevor sie mit ihren anderen Kindern nach Marseille übersiedelten, wohin der Vater versetzt worden war.

Es war die erste Sommerfrische mit der Familie Julien in Chaillot. Wochen froher Spiele in der freien Natur, in denen sich weder Brigitte noch Charles Gedanken über die Zukunft machten, sich nur darüber freuten, daß sie beisammen sein durften. Erst im zweiten Teil der Ferien, den der junge Lavigerie bei seiner Großtante in den Pyrenäen verbrachte — die Bindung zu seinen Eltern in Marseille war völlig abgerissen —, begann er innerlich wieder Ordnung zu schaffen. Auch er liebte Brigitte, daran gab es keinen Zweifel. Doch noch sicherer wußte er, daß er nicht ihr gehörte, sondern den Menschen, die hinterm Meer die Hände nach dem Heil ausstreckten. Seine Aufgabe war nicht die eines braven Familienvaters. Er durfte die Erwartungen des Mädchens nicht weiter nähren, mußte sich zart lösen, ohne ihr allzuviel Schmerz zu bereiten. Gott wollte es nicht anders, und einzig darauf kam es an.

Die nächsten Sommer ging Charles nicht mehr nach Chaillot, sondern mit alten Schulfreunden aus Bayonne nach Spanien hinunter. Sie musizierten, diskutierten und machten Studienpläne. Nach ihrer Meinung sollte Lavigerie Opernsänger, Historiker oder Schriftsteller werden. Er sagte nur schlicht am Strand von Valencia: „Dort drüben liegt Afrika!"

Und im Oktober 1843 trat der achtzehnjährige Charles ins Große Priesterseminar von Saint-Sulpice ein. Die ersten beiden Studienjahre in christlicher Philosophie wurden draußen in Issy unterrichtet, einem befestigten Vorort halbwegs nach dem Wald von Meudon. Etwa 100 Priesterstudenten waren dort beisammen, nicht nur aus allen französischen Diözesen, auch aus der Schweiz, Schottland und Kanada. Lavigerie ging hier zum ersten Mal auf, was eigentlich Weltkirche bedeutet. Und wäre er nicht schon längst zu missionarischem Einsatz entschlossen gewesen, so hätte ihn dafür der Besuch von Msgr. Vérole in Issy begeistert. Der Apostolische Vikar von Mandschurien zeichnete den Alumnen ein realistisches Bild seiner Nöte, Tröstungen und Hoffnungen. Als Charles am 6. Oktober 1845 im eigentlichen Saint-Sulpice den theologischen Teil seines Studiums in Angriff nahm, wußte er genau, was er wollte. Sehr zum Unterschied von einem Theologen, der das Seminar am selben Tag im Zweifel über sich selbst und alles verließ: Ernest Renan, der später den Heiland in seinem „Das Leben Jesu" zu einem liebenswürdigen galiläischen Wanderprediger ohne jede übernatürliche Sendung zu degradieren versucht hat.

Lavigerie empfing die niederen Weihen.

Libanon in Flammen

Über Deir al-Kamar stand eine dichte Rauchwolke.

Abbé Charles Lavigerie faßte bestürzt seinen Begleiter am Arm:

„Herr Generalkonsul, was geht dort oben vor?"

Bentivoglio zuckte müde mit den Achseln:

„Nichts Neues, Hochwürden! Das ist weder Rauch noch Regen.

Es sind Aasgeier, die seit dem großen Christenmassaker vom Juni über den Ruinen der Stadt kreisen."

Der Priester blickte zurück. Nicht nur die Serpentinen des Reitwegs nach Beirut hinunter, wo er am 13. Oktober 1860 mit Hilfsmitteln seines Schulwerkes für die verfolgten Christen im Libanon und in Syrien eingetroffen war.

Er hatte über elf Jahre seiner priesterlichen Laufbahn hinter sich, ohne daß die missionarischen Wünsche der Jugend in Erfüllung gegangen waren.

Nun war Deir al Kamar im Südosten sein erstes Ziel, noch dampfend vom Blut der über 2.000 hier hingeschlachteten Christen. Als Stadt und Kloster am 19. Juni von den Drusen eingeschlossen wurden, hatte der türkische Kaimakam eine friedliche Übergabe vermittelt. Die maronitischen Verteidiger sollten von jedem Widerstand absehen, ihre Waffen ausliefern und sich in den Schutz der Türkengarnison begeben. Doch nur 600 fanden in der osmanischen Festung Platz, die übrigen wurden als erste im Ort hingeschlachtet, nachdem der Statthalter den Drusen die Tore geöffnet hatte. Dann kamen jene an die Reihe, die im Serail Zuflucht gesucht hatten. Einer nach dem anderen wurden sie durch eine enge Pforte hinausgestoßen und fielen dort unter den Hieben der blutberauschten Eindringlinge. 2.730 Maroniten kamen insgesamt ums Leben.

Blick von der Drusenburg Beit ed-Din auf Deir al-Kamar

Auch jetzt, vier Monate nach dieser Mordnacht, zeigte Deir al-Kamar noch überall die Spuren von Tod und Verzweiflung. Ein Überlebender, der sich im Stall des Kaimakam verborgen hatte, führte Lavigerie durch das Serail, hinaus auf die Terrasse, von der die letzte Christengruppe in die Lanzen der Drusen gestürzt worden war. Dort unten lagen noch immer ihre Leichen, der Gier der Geier preisgegeben. In einem Gang daneben das blutbefleckte Loch in der Mauer, durch das die Opfer vor ihrem Tod den rechten Arm zu stecken hatten, damit die Unholde wetteifern konnten, wer einen Christen mit einem einzigen Schwerthieb zu verstümmeln vermochte.

Von der Festung wandte sich Abbé Charles zum Schwesternkonvent, in dem die französischen Truppen bei ihrer Ankunft hunderte Kadaver gefunden hatten. Noch jetzt hing der

Leichengeruch in allen Räumen. Im Hof der maronitischen Kirche die rußgeschwärzte Ecke, wo der Pfarrer lebendig verbrannt und das Feuer mit Meßgewändern geschürt worden war.

Am Allerheiligentag las Lavigerie in dieser Kirche zum ersten Mal wieder eine heilige Messe, still, ohne jeden Gesang. Seine missionarische Berufung, die er hier nach den langen Vorbereitungsjahren in Paris endlich in Angriff zu nehmen hoffte, machte eine schwere Krise durch. Konnte man diesen wilden Muslimen überhaupt verkündigen, oder war ein neuer Kreuzzug gegen sie die einzige Hoffnung der Christenheit? Hatte die Witwe von Deir al-Kamar vielleicht doch recht getan, die den Mörder ihres Mannes und ihrer Kinder von früher persönlich kannte, seiner nicht habhaft werden konnte, aber seine Frau auf freiem Feld überfiel und erdolchte, nachdem sie zuvor das Kreuz geschlagen hatte?

Doch Lavigerie kam nicht lange zum Grübeln, er mußte eiligst aus den Bergen. Die französische Streitmacht war an die Operationen der türkischen Befriedungsarmee unter Fuad Pascha gebunden. Dieser schien aber mit seinem Zaudern kein anderes Ziel zu verfolgen, als den Drusen und Mitwallis neue Sammlung ihrer Kräfte in den Hauran-Bergen zu ermöglichen. Von Wiederaufbau und Heimkehr der Christen in ihre Dörfer konnte vorerst keine Rede sein. Sie mußten an der Küste durch den Winter gefüttert und vor allem warm eingekleidet werden. Abbé Charles eilte nach Beirut zurück, stürzte vom Pferd und mußte daher mit dem Schiff nach Saida fahren, von wo ihn der Hilferuf des Jesuiten P. Rousseau noch in Frankreich erreicht hatte. Hierher hatten sich im Juni die Überlebenden aus 50 gemischtreligiösen Dörfern geflüchtet, nachdem von den Minaretten der Ruf „Tod den Christen" erklungen war, ihn die Muslimfrauen von den Dächern gellend wiederholt hatten. Im Erlöserkloster Deir al-Muchalles, dem Mutterhaus der melkitischen Salvatorianer, wurden alle 150 Patres und Brüder von den Mitwalli-Schiiten niedergemacht, ihre Leichen den streunenden Hunden zum Fraß überlassen. „Da fressen die Hunde eben die Christenhunde!" bemerkte zynisch ihr Ayatollah. In Dschesin, wo die Drusen das Grab der Frau Putiphars verehren, die nach ihrer Geheimlehre der ägyptische Joseph am Jüngsten Tag als Gattin heimführen soll, wurden Hunderte Christen in den Wald getrieben und mit diesem verbrannt.

Libanesische Hafenstadt Saida am Mittelmeer

Saida bot den Überlebenden vorläufig noch Sicherheit, doch unter welchen Bedingungen! Sie schliefen dichtgedrängt in den feuchten Gewölben des Basars, in dumpfer, stickiger Luft, wozu ihnen nicht nur das Brot, sondern meist auch das Wasser fehlte. Waisenkinder waren völlig ihrem Schicksal anheimgegeben. Ihrer nahm sich Lavigerie zunächst an, baute den Buben Unterkünfte im Hof der Jesuiten, während er die Mädchen bei den Josef-Schwestern versorgte. Zwei mit Schmutz und Fliegen bedeckte Säuglinge, die er im Straßengraben aufgelesen hatte, taufte und adoptierte Abbé Charles selbst.

Seine nächste Station war Sur, das antike Tyrus, jetzt ein versandeter Hafen mit 2.000 verschlafenen Einwohnern. Doch auf der Halbinsel von Sur hinter einem Kordon türkischer Kavallerie und Artilleristen zusammengedrängt die ganze christliche Bevölkerung aus Hasbaije und Raschaje, viele Tausende, lebende Gerippe mit der Angst in den Augen. Unter ihnen ein einziger maronitischer Priester, die anderen Orthodoxe und Jakobiten. Sie konnten es zunächst nicht fassen, daß das vollbeladene Hilfsschiff auch für ihre Gläubigen bestimmt war. „Die Nächstenliebe frägt nicht nach Konfessionsangaben", rief Lavigerie in die dichtgedrängte Menge. „Aber sagt mir: Weshalb geht ihr nicht in eure Dörfer zurück? Der Aufstand ist zu Ende, Drusen und Mitwallis haben sich zurückgezogen."

Ruinen des antiken Tyrus

„Um bald wieder über uns herzufallen", riefen alle wie aus einem Mund. „Ihre Banden sind weder geschlagen noch bestraft worden. Wo bleibt die französische Armee?"

Lavigerie mußte die Antwort vorläufig schuldig bleiben; ebenso den Flüchtlingen in Akka, Haifa, Jaffa und Jerusalem. In der heiligen Stadt befreite er fast 600 an Muslimfamilien als eine Art Haussklaven verschacherte Christenkinder. Und als er vom Kalvarienberg um sich blickte, hörten ihn seine Begleiter flüstern: „Wo der Heiland gelitten hat, leiden heute seine Jünger . . ."

Blick auf Saida von der alten Kreuzfahrerburg

„Mein Damaskus!"

Von Kubbat an-Nasr, der Aussichtsmoschee auf dem Dsche-bel Kassiun as-Salihije, bot sich der kleinen Reisegruppe ein herrlicher Rundblick. Im Rücken die Schneekuppen des Anti-libanon, deren Mauern sich hoch gegen den Dezemberhim-mel erhoben. Vor ihren Augen die von der Natur zum Para-dies geschaffene, von allen arabischen Poeten gepriesene Ebene von Damaskus. Zwischen dem Gebirge und der Wüste liegt diese Ghuta, ein meilenweites, auch im Winter dicht mit Blumen und grünenden Fruchtbäumen bestandenes Flachland, bewässert von der Barada und ihren sieben Ver-zweigungen. Hinter diesem Gartenring erglänzte die Stadt im Morgenlicht wie eine Fata Morgana aus 1001 Nacht. Hier stand nach einer islamischen Legende der Baum der Er-kenntnis, unter dem die erste Sünde geschah, und in Da-maskus selbst erhebt sich die berühmte Moschee der Omaj-jaden. Auf ihrem Minarett wird sich nach dem Glauben der Muslime der sonst von ihnen als „einer der Propheten" ver-kannte Jesus Christus niederlassen, um zu richten die Leben-digen und die Toten. Und hier auf dem Dschebel Kassiun soll einst Kain seinen Bruder Abel erschlagen haben.

Abbé Lavigerie kam von Zahle in der Bekaa herüber, dem Hochtal zwischen Libanon und Antilibanon. Hier hatten die Feindseligkeiten zwischen Drusen und Christen schon 1841 begonnen. Ausgelöst nach Jahrhunderten der Freundschaft von den Abdankungen der Emire Beschir II. des Großen und von Beschir III. Zu Tausenden kamen die Krieger den Litani herauf und warfen sich auf Zahle, das seit dem 18. Jahrhun-dert eine Hochburg der Union mit Rom für die bis dahin or-thodoxen Gläubigen des Patriarchen von Antiochien war. Die Drusen hatten das Sengen und Brennen in den Straßen der Unterstadt schon begonnen, als der Bischof den Ort und seine Bewohner unter den Schutz eines Gnadenbildes der Gottesmutter stellte, das sich in einer kleinen Kapelle genau gegenüber der Kathedrale befand. Er ließ Frauen und Kinder

Am Tor von Damaskus

in die Schlucht hinter dem Ort flüchten, stellte sich mit den wenigen bewaffneten Männern dem Feind entgegen.

Die Drusen hatten mit keinem ernsthaften Widerstand mehr gerechnet. Vor der Gnadenkapelle kam es zum entscheidenden Waffengang, die Eindringlinge wurden aufgehalten und schließlich in die Flucht geschlagen. Zwei Stunden lang verfolgten die Zahlioten den besiegten Gegner, dessen Tote in die Hunderte zählten.

„Wir Christen hatten nur 15 Gefallene zu beklagen", berichtete Lavigerie der Jesuit P. Planchet, letzter Überlebender der ersten Schlacht um Zahle. „Das Marienbild hieß seitdem Saidet an-Nadscha, unsere Herrin von der Rettung."

Abbé Charles blickte sich in den Ruinen um: „Doch wo ist es jetzt, mon Pére?"

P. Planchet nickte traurig vor sich hin. „Diesmal haben sich die Drusen am Bild Mariens gerächt. Sie rissen es herab, besudelten es, warfen es schließlich in die Flammen des brennenden Zahle. Eine Strafe für unsere Sünden . . ."

„Wieso das?"

„Wissen Sie nicht, daß hier in den letzten beiden Jahren das Zentrum einer neuen Kirchenspaltung war? Patriarch Klemens Bahut war mit Papst Pius IX. übereingekommen, auch in der griechisch-katholischen Kirche der Melkiten von Antiochien den Gregorianischen Kalender einzuführen. Also ein Datumswechsel um 13 Tage voraus und ein anderer Zyklus der beweglichen Feste von der Fastenzeit bis Pfingsten. Bischof Basilius Schahjat von Zahle wollte jedoch am Julianischen Kalender aller Ostkirchen festhalten. Er fürchtete, daß die Kalenderreform viele Gläubige zu den Orthodoxen zurückführen oder wenigstens Konversionen in Zukunft erschweren werde. Damit hatte er gar nicht so unrecht, falsch war hingegen sein Ungehorsam: Mit drei anderen melkitischen Bischöfen hielt er hier im August 1859 eine Synode ab, die sich von Patriarch Klemens lossagte und bei der Hohen Pforte in Konstantinopel um Anerkennung als griechisch-katholische Kirche des alten Kalenders ansuchte. Diese kirchliche Rebellion war aber noch nicht zum Tragen

Gnadenbild von Zahle

gekommen, als Zahle dafür büßen mußte: Im Juni wurde die Stadt von den Drusen und Mitwallis eingeschlossen, während ihre Bürgerwehr unter Josef Karam drüben in Kesruan kämpfte. Dennoch wehrte sich die daheimgebliebene Schar alter Männer und junger Burschen so wacker, daß sich die Muslime bei jedem Ansturm blutige Köpfe holten. Sie nahmen zu einer List ihre Zuflucht.

An einem Morgen sahen die Verteidiger vom Berghang gegen Metn her eine mächtige Prozession mit Kirchenfahnen auf sie zukommen. Der Sommerwind trug ihnen Fetzen christlich-arabischer Lieder und Hymnen zu. Das konnte nur eine Hilfsexpedition sein, die ihnen aus Ehden und Zgorta über das Zederntal und den Hohen Libanon herübergeschickt worden war. Freudig lief ihnen alles hinaus aufs freie Feld entgegen, verbrauchte die letzten Kugeln für Luftschüsse des Willkommens. Zu spät erkannten sie, daß Bannerträger und Sänger gekettete Gefangene inmitten des drusischen Heerhaufens waren. Das Schicksal der Zahlioten erfüllte sich in wenigen Stunden. Doch auch die Angreifer erhielten ihren Lohn für die Heimtücke: Beim Brand der Stadt flog ihr Pulverturm in die Luft. Die Explosion kostete allen Mördern, Plünderern und Vergewaltigern im Umkreis das Leben."

Lavigerie schaute sich in dem Chaos um. Hier konnte mit Geld allein nicht geholfen werden, die Menschen brauchten Trost und Hoffnung, ein sichtbares Zeichen ihrer Rettung am allernötigsten. „Gibt es noch jemand, der das zerstörte Gnadenbild genauer beschreiben kann?" fragte er seinen Führer.

Der gebeugte Jesuit schaute fragend zu ihm auf: „Droben am Berg ist ein alter Priester, der selbst Ikonen malt. Er kann das sicher am besten für Sie tun. Was haben Sie vor?"

„Ich möchte Zahle eine neue Saidet an-Nadschat besorgen!"

Die Kunde davon verbreitete sich mit Windeseile unter den Überlebenden. Als Abuna Matta aus seiner Einsiedelei auf dem Domplatz anlangte, wo Abbé Charles auf dem Mauerrest der Marienkapelle saß, stand die Menge Kopf an Kopf und lauschte jedem Wort. Der Priester beschrieb das

Gnadenbild als eine Darstellung der Aufnahme Marias in den Himmel, die vor vielen Jahrzehnten aus Lyon herübergekommen war. Dann fragte ihn Lavigerie:

„Würden Sie nach Europa gehen, um ein ähnliches Bild mitzubringen?"

„Geh, Abuna, bring uns die Gnadenmutter wieder!" riefen alle wie aus einem Mund. Der weißbärtige Pfarrer nickte.

„Hier ist die Adresse eines Freundes in München. Er ist ein berühmter Maler, wird ihnen beim Suchen helfen oder das Bild nach ihren Angaben ganz neu malen. Und hier ist das Reisegeld." Er gab dem treuen Alten, dem Tränen der Rührung in den Augen standen, einen Beutel voll Goldfranken.[1]

All das ging Lavigerie noch einmal durch den Kopf, als er jetzt auf Damaskus hinabblickte. Die Nöte Libanons waren inzwischen gelöst. Der Sultan hatte den Christen Selbstverwaltung und eigenes Militär in einem „Autonomen Libanon" gewährt. Eine lange Zukunft friedlicher Aufbauarbeit und religiöser Blüte versprach zu folgen.[2] Was würde ihn aber nun hier in Syrien erwarten, das von der Libanonregelung ausgenommen blieb und bald auch von der französischen Armee geräumt werden mußte?

In Damaskus hatten vor den Unruhen unter 200.000 Einwohnern an die 30.000 Christen und 5.000 Juden gelebt. Hier hatte man eigentlich nichts mit den Kämpfen im Libanon zu tun, doch kein Muslim, selbst der Mekkaner nicht, ist so fanatisch wie der Damaszener. Die Zeit war noch nicht lange vorüber, in der ein Christ kein Kamel und kein Pferd besteigen durfte; er mußte zu Fuß gehen, wenn er nicht auf einem Esel reiten wollte. Dieser Fanatismus, der so leicht zu Ausschrei-

---

[1] Das Gnadenbild wurde in München gemalt, in der Frauenkirche ausgestellt und von König Maximilian II. mit einem goldenen Rahmen geschmückt. Ende 1861 traf das neue Bild in Zahle ein.

[2] Lavigeries Vision vom christlich-friedlichen Libanon blieb bis zum libanesischen Bürgerkrieg von 1975/76 gültig. Seitdem haben sich die Schrecken von 1860 in vielfacher Weise wiederholt, ist der Fortbestand der Kirche als solcher durch Palästinenser, Syrer und schiitische Chomeini-Anhänger gefährdet. Anm. d. Verf.

tungen führt, hatte hier dann 6.000 Christen auf dem Gewissen.

Das fürchterliche Vorspiel dazu begann im Anschluß an die Gemetzel von Deir al-Kamar und Saida in Hasbaije am Abhang des Hermon. In Damaskus hatte dann am 9. Juli 1860 eben der Muezzin um die Mittagsstunde zum Gebet gerufen, als sich der bewaffnete Pöbel auf das Christenviertel stürzte. Baschi Bozuklar standen auch hier wie in Beirut an seiner Spitze. Jeder Mann und Knabe wurden erschlagen; mit den Frauen und Mädchen geschah teils Schlimmeres, teils wurden sie zum Sklavenmarkt geführt. Der Tiroler Franziskaner Engelbert Kolland, der die ihm vertrauten Waisenknaben in Frauenkleidern zu retten versuchte, wurde unweit vom Kloster niedergemacht, in dem seine spanischen Mitbrüder schon vorher das Blutzeugnis abgelegt hatten. Der türkische Statthalter Ahmad Pascha sah bei alledem ruhig zu: 22 Tage dauerte das Wüten, 2.000 Christenhäuser sanken in Schutt und Asche.

Zu diesen trüben Gedanken und dem eisigen Wind begann es auch noch zu regnen, während sie nach dem Stadttor hinunterritten. Damaskus stand noch immer unter Kriegsrecht, und es dauerte fast eine Stunde, bis ihnen der türkische Offizier die Passage frei gab. An jeder Ecke kontrollierten neue Wachtposten die Papiere, am Tor zum Basar neue Verzögerungen. Lavigerie hätte nie gedacht, daß der Winter im Orient so grimmig sein könnte. Endlich die einzige Herberge der Stadt, schon jetzt überfüllt und für den Herrn Theologieprofessor und Direktor des großen Schulwerkes nur mehr eine Matratze in der Küche zu haben. Abbé Charles zog die durchnäßte Soutane aus und wickelte sich fiebernd in seine Reitdecke. Zähneklappernd und fantasierend verbrachte er den Nachmittag und die Nacht, während seine beiden Begleiter nach einem Arzt suchten.

Das also war das Missionarsleben, nach dem er sich von Kindheit an gesehnt hatte. Dabei wollte er gerne alle Beschwernisse in Kauf nehmen, wenn das der Ausbreitung des Gottesreiches dienen konnte. Doch hatte dieses dem Islam gegenüber nicht immer den kürzeren gezogen? Libanon und Syrien hatten in diesem einzigen Jahr so viele Märtyrer zu beklagen. Wo war ein einziger Muslim, den ihr Blutzeugnis erschüttert und gewandelt hatte? Es war zum Verzagen!

Er wischte sich den Schweiß von der Stirn. Wenn doch endlich die beiden Fratres mit der Medizin oder gar dem Arzt selbst kämen. Er wollte morgen unbedingt Abd el Kader aufsuchen. Dieser war als algerischer Emir in Helm und Panzer unter die Mordbuben hineingesprengt und durch die Stadt gestreift, um die Christen nach der alten Zitadelle in Sicherheit zu bringen. Als er ungefähr zehntausend, die meisten von ihnen Frauen und Kinder, dorthin gerettet hatte, wollte die Meute auch dort mit Gewalt eindringen. Er aber gebot seinen Algeriern, beim geringsten Zeichen eines Angriffs auf die Christen ganz Damaskus an allen Ecken anzubrennen. Es war Abd el Kader, der algerische Beduinenheld, der sein Leben lang gegen die französischen Christen gekämpft hatte. Und als ihn die Franzosen nach dem Frieden von Kerbens auch noch fünf Jahre widerrechtlich in Amboise und Pau gefangenhielten, war er anschließend nach Damaskus gegangen, um hier Vergessenheit zu suchen. Lavigerie hätte sich nie von ihm dieses Eintreten für die bedrängten Christen erwartet.

Der Held des islamischen Widerstandes gegen den französischen Kolonialismus in Algerien war Charles Lavigerie seit seinen Seminarjahren ein Begriff. Die ganze Geschichte hatte noch im vorigen Jahrhundert begonnen. In Algerien, das unter türkischer Oberhoheit von einem Dey regiert wurde, hatten sich Juden aus Livorno angesiedelt, die sogenannten „Gorneyim". Sie begannen im wirtschaftlichen Leben eine führende Rolle zu spielen und als Vermittler zwischen Landesbehörden und europäischen Konsulaten aufzutreten. Durch ihre geschäftlichen Erfahrungen und ihr Vermögen erlangten sie schließlich Einfluß sogar auf die Deys, bei denen sie die Stellungen von Bankiers, Agenten und Beratern einnahmen. Gegen Ende des 18. Jahrhunderts war die Macht zweier Gorneyim besonders groß: von Josef Bakri und Naftali

Busnach. Dey Hassan gewährte ihnen das Getreidemonopol, und sie lieferten im Hungerjahr 1793 der französischen Regierung Weizen für ungefähr 15 Millionen Goldfranken. An diesem Geschäft war auch der Dey beteiligt. Ein Teil der Schuld wurde unter Kaiser Napoleon I. beglichen. Bei Auszahlung der Restsumme nach einem 1819 endlich abgeschlossenen Vergleich kam es zu Streitigkeiten zwischen Algier und Paris. 1826 schrieb schließlich der letzte selbständige Herrscher des Landes, der Dey Hassan, in dieser leidigen Frage der über 30 Jahre offenen Schuld an König Karl X. nach Paris, erhielt aber keine Antwort, worauf er den französischen Konsul tätlich beleidigte. Dieser Schlag mit dem Fliegenwedel in der Kasbah von Algier war der Auftakt zur Besetzung Algeriens durch die Franzosen. Sie begannen schon 1827 mit kleineren Marineoperationen gegen die algerischen Seeräuber, die seit 300 Jahren das Mittelmeer unsicher machten und mit ihrer menschlichen Beute die Sklavengefängnisse und Harems der islamischen Welt füllten. In Paris begann man ernsthaft daran zu denken, den Algeriern nicht nur eine Lektion für den Zwischenfall zu geben, sondern ihrem Piraten- und Sklavenhalterdasein ein für allemal das Ende zu bereiten. Frühere Versuche der Spanier in dieser Richtung waren an der Furcht von nordafrikanischen Juden und nichtkatholischen Christen vor der spanischen Inquisition gescheitert. Noch immer gedachten die Juden von Algier mit Schrecken der Belagerung durch den spanischen General O'Reilly im Jahre 1774. Sie hatten dem islamischen Dey Muhammad Ibn Uman in jeder Weise bei der Verteidigung geholfen und erzählten sich bis jetzt die Legende, daß die Spanier letztlich durch Flammen zurückgejagt worden seien, die aus den Gräbern der Wunderrabis Isaak Ben Scheschet und Simon Ben Zemach geschlagen hätten.

Den Franzosen gegenüber war die Stimmung bei Juden, Griechen, Armeniern und auch bei den Berbern eine völlig andere. Gerade diese Ureinwohner Nordafrikas, die der Kirche einen Cyprian, Tertullian und Augustin geschenkt hatten, waren das politische, kulturell-sprachliche und religiös-islamische Joch der Araber und Türken leidig geworden.

Im Mai 1830 begann nach monatelangen Vorbereitungen die große Aktion gegen Algier. Von Toulon, dem französischen Kriegshafen am Mittelmeer, stechen 103 Kriegsschiffe und 300 Nachschubboote mit Truppen, Munition und Verpflegung in See. Die Flotte bringt unter dem Kommando von Admiral Duperré die Soldaten von Generalleutnant de Bourmont nach Sidi Ferrusch im Westen von Algier. 37.000 Mann treten in der sandigen Bucht zum Appell an, 4.000 Pferde warten auf eine Attacke der Kavallerie gegen die algerischen Linien. Nach ersten Scharmützeln mit türkischen Batterien, die das Feldlager der Franzosen von einer Anhöhe unter Beschuß nehmen, nimmt General de Bourmont zunächst Kontakt mit den Berbern auf. Er läßt ihre Führer wissen, daß sie von ihm nichts zu befürchten, sondern Freiheit, Gerechtigkeit und Zivilisation zu erwarten haben. Der erste Schritt zum späteren Assimilierungsversuch der Berber als „petits français", als „kleine Franzosen", war gemacht.

Lavigerie hatte sich schon beim Studium in Issy überlegt, ob eine analoge „Assimilierung" der Berber, die viel von ihrer christlichen Vergangenheit in Legenden und religiösem Volkstum bewahrt hatten, nicht auch auf missionarischem Gebiet möglich sei. Dem stand aber eine strikte Gesetzgebung im heute französischen Algerien gegenüber, die den Muslimen nach Verlust ihrer politischen Rechte wenigstens den religiösen Bereich in Ruhe lassen wollte. Die kirchenfeindlichen Politiker in Paris hatten auch kein Interesse daran, den im Mutterland um jeden Preis bekämpften Einfluß der „Pfaffen" in Nordafrika wachsen zu sehen.

Wenn ihm einer helfen konnte, so war es Abd el Kader. Dieser war in Algerien nach dem Fall von Bone, Constantine und Medea zum unbestrittenen Führer des islamischen Widerstandes geworden: Eindrucksvoll, elegant und gewinnend verstand er durch Überzeugungskraft und mutiges Beispiel ein Heer von über 10.000 Kriegern auf die Beine zu stellen. Anfangserfolge im Westen des Landes gegen die französischen Küstengarnison von Oran verleiteten ihn zu einem Zug gegen Algier selbst. Doch bei diesem erschöpfenden Marsch gelang es dem fähigen General Bugeaud, Abd el Kader aus seiner Stoßrichtung abzudrängen und aus dem Angreifer einen Verfolgten zu machen. Die Smala des Emirs, seine Kriegspfalz mit der Familie und reichen Schätzen, mußte immer häufiger ihren Standort wechseln. Der General bot Abd el Kader den Titel eines Fürsten von ganz Algerien unter französischem Protektorat an, wie das schon einmal 1834 von Oran aus erfolgt war. Doch der Emir weiß, daß dieser schöne Titel praktisch volle Unterwerfung bedeuten würde. Während er den Kampf mit seinem Hauptheer fortsetzt, läßt er die Smala mit ihren über 30.000 Bewohnern unter dem Schutz der Reserve von 5.000 Beduinen zurück.

Abdel Kader im algerischen Freiheitskampf um 1840

Eine Spahi-Einheit sichtet die Smala in ihrem Hochtal. Obwohl selbst nur ein Bataillon mit knapp 500 Mann, will sie sich diese Gelegenheit nicht entgehen lassen. Wie der Sturmwind fällt sie über das Lager her und hat mit diesem Überraschungsangriff den erhofften Erfolg.

Ohne seinen Stützpunkt muß sich Abd el Kader Schritt um Schritt nach der marokkanischen Grenze zurückziehen. Im

Reich des Sultans von Marokko begnügt er sich aber keineswegs mit der Rolle des Verbannten. Er kann die Marokkaner für einen „Heiligen Krieg" des Islam, einen sogenannten Dschihad, gegen die „ungläubigen Kolonialisten" gewinnen. Er selbst, Abkömmling einer berühmten Derwisch-Familie aus dem Kaderia-Orden und vor seiner politisch-militärischen Laufbahn theologisch gebildet, liefert dafür die weltanschaulichen Grundlagen und übernimmt selbst den Oberbefehl. Fast ein Jahrzehnt wird der Heilige Krieg mit wechselndem Erfolg zwischen dem marokkanischen Udschda und algerischen Tlemcen hin- und hergetragen, bis derselbe General Bugeaud 1844 bei Isly den entscheidenden Sieg erringt. Der Sultan läßt Abd el Kader im Stich, und im Dezember 1847 muß er sich endgültig den Franzosen ergeben. Erst 1852 ließen sie ihn frei. Er zog zunächst nach Bursa am bithynischen Olymp, nach Konstantinopel und schließlich nach Damaskus, wo er sich mit seinem Gefolge für ständig niederließ.

Lavigeries Taschenuhr zeigte drei Uhr früh. Noch heute würde er Abd el Kader gegenüberstehen.

Schon früh am Morgen war er unterwegs. Das Viertel der Christen liegt im Osten der Stadt und beginnt beim Thomastor am Ausgangspunkt des Karawanenwegs nach Palmyra. Südlich davon, jenseits der durch Paulus berühmten „geraden Straße" ist das Judenviertel. Hier galt ihre erste Reverenz dem Philanthropen Schemaja Angel, einem Kaufmann aus dem ägyptischen Rosetta, der die Christen in seinem Haus aufgenommen und beschützt hatte. Jetzt residierte dort der türkische Großwesir Fuad Pascha, der zur Bestrafung der Schuldigen nach Damaskus gekommen war. Er hatte dem jüdischen Christenfreund die Ernennung zum „Effendi" und den Medschidije-Orden von Sultan Abdul Asis aus Stambul mitgebracht. Hier erfuhr Lavigerie, daß zu Mittag Abd el Kader das Großkreuz der Französischen Ehrenlegion erhalten sollte. Sie mußten sich beeilen.

Nächste und diesmal traurige Station der Franziskaner-Konvent, in dessen Zisterne noch immer die Überreste der spanischen Patres und Brüder lagen, die von den Klosterstürmern vor die Wahl des Martyriums oder Glaubensabfalls zum Islam gestellt worden waren. Hier mußte Lavigerie hören, daß die Nachforschungen nach den meisten Christenmädchen und -frauen im Sande verliefen. Sie waren in den Harems von Innerarabien verschwunden.

Am Han Assad Pascha vorbei ging es dann zur Ommajaden-Moschee, in die leider kein Christ seinen Fuß setzen darf. Sie ist 131 Meter lang und 38 Meter breit und steht an der Stelle eines heidnischen Tempels, den schon der Kaiser Theodosius im 4. Jahrhundert zerstörte. Kaiser Arkadius erbaute an seiner Statt eine christliche, Johannes dem Täufer geweihte Kirche. In ihr befand sich der Reliquienschrein, worin das abgeschlagene Haupt des Täufers aufbewahrt wurde. Es soll von Chaled Ibn Walid, dem islamischen Eroberer von Damaskus, noch aufgefunden worden sein.

Dieser Chaled, den die Araber das „Schwert Allahs" nennen, machte zunächst nur die Hälfte der Johanneskirche zur Moschee, eine Seltsamkeit, die ihren besonderen Grund hatte. Die Belagerungsarmee bildete nämlich zwei Heerhaufen; der eine lag unter Chaled selbst vor dem Osttor, und der andere unter dem milderen Abu Ubaida vor dem Westtor. Über die Länge der Belagerung von Zorn entbrannt, schwor Chaled, keinen einzigen Bewohner zu schonen. Er stieg endlich zu Anfang des Jahres 635 siegreich über die Mauern beim Osttor und ließ das Würgen beginnen. Da beeilte sich der westliche Stadtteil, einen Vertrag mit Abu Ubaida abzuschließen und das Tor unter der Bedingung freiwillig zu öffnen, daß er die Menschen schonen werde. Er ging darauf ein. Beide Heerhaufen bewegten sich nun auf der „geraden Straße" von entgegengesetzten Richtungen aufeinander zu und stießen an der Johanneskirche zusammen. Auf Abu Ubaidas Vorstellungen hielt auch Chaled mit dem Morden ein und bewilligte, daß den Christen die eine Hälfte der Kirche verbleiben solle.

So beteten ungefähr 150 Jahre lang Christen und Muslime im gleichen Gotteshaus, bis es Kalif Walid I. einfiel, das Bauwerk ganz für seine Glaubensgenossen in Anspruch zu nehmen. Er bot den Christen zwar anderweitig Ersatz für den Verlust, aber sie trauten seinem Versprechen nicht und traten dem Vorschlag entgegen. Es gab eine Weissagung, daß jener, der an dieses Gotteshaus die Hand legen werde, unrettbar dem Wahnsinn verfallen sei. Und man glaubte, daß sich der Kalif durch diese Weissagung abschrecken lassen würde. Dies geschah aber nicht. Vielmehr soll Walid der erste gewesen sein, der den Hammer ergriff, um das herrliche Altarbild zu zertrümmern. Dann wurde der Eingang der Christen vermauert. Noch heute glaubt aber jeder Muslim, daß auf dem höheren Söller des Iss-Minarettes Christus stehen wird, wenn er am Ende der Tage die Guten und Bösen voneinander scheidet.

Man müßte den Muslimen den eschatologischen Christus seiner Wiederkunft verkünden, nachdem sie am historischen Jesus viel zu geringschätzig vorübergegangen sind, überlegte sich Lavigerie mit neuer Zuversicht. Und wenig später empfing ihn Abd el Kader mit der aufrichtigsten Herzlichkeit. Seine Antwort auf die Dankesbezeugungen des Priesters war schlicht und vielsagend:

„Ich habe mehr als die Christen den wahren Islam verteidigt, der durch diese Untaten in Mißkredit geraten ist. Ich glaube an die Brüderlichkeit der beiden Religionen, an ihre Harmonie im Plan der göttlichen Offenbarung. Was ich tat, war meine Muslimpflicht. Sie brauchen mir nicht dafür zu danken."

Abbé Charles überreichte das Dankschreiben von Kardinal Morlot aus Paris. Abd el Kader sagte:

„Über diese brüderlichen Zeilen freue ich mich mehr als über den staatlichen Orden, den mir meine Widersacher von einst in einer Stunde um den Hals hängen werden. Früher einmal hätten sie mich am liebsten gehängt. In der Politik wird es nie eine wahre Völkerverständigung geben. Das kann nur auf religiösem Fundament erreicht werden."

Tief bewegt küßte Lavigerie die Hand des edlen Emirs und hörte sich zu seiner Überraschung sagen:

„Wir haben denselben Gott, Hoheit. Alle Frommen der Welt sind seine Kinder."

Abd el Kader umarmte seinerseits den Abbé und sprach die prophetischen Worte:

„Wenn mir die katholische Kirche schon unbedingt dafür danken will, was ich hier an ihren Töchtern und Söhnen tun durfte, so soll sie sich ebenso meiner Algerier annehmen, die vom französischen Staat unterdrückt und benachteiligt werden. Sie wären ganz der Mann dafür, Charles Lavigerie!"

So ist Damaskus für den späteren Kardinalerzbischof von Algier und Tunis auch „sein Damaskus" geworden.

Zwischenspiel in Rom

In Rom hatte man zum Jahreswechsel 1860/61 andere Sorgen als die Nöte der orientalischen Christen. Papst Pius IX. war eben vom traditionellen Neujahrsbesuch in der Jesuitenkirche von Gesù am Grabe des heiligen Ignatius Loyola nach dem Quirinal zurückgekehrt, als ihm Monsignore Simeoni die Nachricht vom weiteren Vormarsch der Piemontesen und Garibaldiner in Umbrien brachte.

„Selbst der kleine Rest vom Kirchenstaat ist jetzt in Gefahr, Eure Heiligkeit. Ich muß in dieser ernsten Situation die Absage aller Audienzen und Konsultationen rein religiösen Inhalts vorschlagen. Heute um sieben Uhr abend steht noch dieser Abbé Lavigerie auf dem Heimweg aus dem Libanon und Syrien auf dem Programm. Doch hielte ich eine Vorverlegung der Sitzung des Staatsrates für angezeigter."

„Nicht so, mein lieber Simeoni. Sie werden noch früh genug Kardinalstaatssekretär. Immer diese leidige Politik. Als Oberhaupt des Kirchenstaates bin ich ohnedies nur mehr ein Versager. Da soll man wenigstens von mir wie über meinen Vorgänger Gregor XVI. sagen können: Sein Pontifikat war reich an äußeren Mißerfolgen, doch hat er viel für Kirche und

Armenisches Patriarchat bei Beirut

Missionen geleistet. Lassen Sie den Lavigerie hereinkommen, sobald ich mich ausgeruht habe. Vom Werk für die katholischen Schulen im Orient, nicht wahr?"

„Genau, Eure Heiligkeit. Er überbringt ein Dankschreiben der katholischen Bischöfe aller Riten für die Spende des Heiligen Stuhls in Höhe von 100.000 Gulden. Sie erinnern sich, jener Betrag, der schon für die Befestigung von Perugia veranschlagt war."

„Sehen Sie, wie gut, daß wir das den armen Christen in die Levante geschickt haben. Den Krieg in Umbrien hätten wir damit auch nicht mehr gewonnen. Und was will der Franzose noch?"

„Ihnen ein Programm für den kirchlichen Wiederaufbau in den Patriarchaten der römischen, griechischen, syrischen und maronitischen Katholiken vorlegen. Als ob er nicht wüßte, daß wir jetzt anderes zu tun haben. Die kirchenfeindlichen Kämpfer für Italiens nationale Einheit würden hier kaum anders auftreten als die Muslime in Beirut und Damaskus."

„Da sei Gott vor. Ich wäre sonst oft schon froh, wenn ich diesen weltlichen Kirchenstaat los hätte, aber wenigstens Rom, St. Peter, der Lateran, die Gregoriana und Engelsburg müssen vor dem Griff eines areligiösen Staates bewahrt bleiben. Ich möchte mir diesen Lavigerie aber anschauen. Vielleicht können wir ihn bei uns an der Kurie brauchen. — Machen Sie kein so finsteres Gesicht, Simeoni. Ich weiß, daß Sie die Tedesci, Spagnoli und Francesi in der päpstlichen Verwaltung nicht leiden können. Aber denken Sie an die Rota. Dort ist der Sitz des französischen Eherichters schon seit Monaten frei. Kein Prälat aus Paris will mehr ins kriegsgefährdete Rom kommen. Wer aber von den Christenmassakern im Orient kommt, wird es am Tiber gewiß noch ganz passabel finden! Oder denken wir an das Vorhaben, den orientalischen Christen im Schoß der heiligen Kongregation für die Propaganda Fidei einen eigenen Platz zu geben. Neben seiner Tätigkeit als Uditor an der Sacra Romana Rota könnte unser Mann dort Konsultor werden. Also herein mit ihm!"

Lavigerie hatte sich auf der Fahrt von Beirut oft und genau zurechtgelegt, was er dem Heiligen Vater alles sagen wollte, wie er ihn am besten überzeugen könnte. Jetzt wollte ihm aber gar nichts einfallen. Recht hilflos ließ er die Privataudienz für besonders ausgezeichnete Kleriker ohne besonderen Rang über sich ergehen, präsentierte die Bischofsbotschaft und stand verlegen vor dem Papst, der diese ausführlich studierte. Endlich hob Pius IX. den Blick, schaute Abbé Charles zunächst fest, doch bald immer freundlicher an, stand auf und faßte ihn beim Arm. „Setzen wir uns doch hier in die Loggia und erzählen Sie mir, was Sie sonst noch am Herzen haben, mon cherie. Wie steht es mit Ihrem Italienisch, oder wollen wir weiter französisch plaudern?"

„Da wäre ich Ihnen wirklich dankbar, Sainteté!" stammelte Lavigerie.

„Eine unverzeihliche kirchliche Bildungslücke, mein Freund. Vielleicht werden wir Ihnen Gelegenheit geben, das bald nachzuholen."

Lavigerie verstand den Fingerzeig auf einen Posten an der Kurie sehr wohl. Eine solche neue Verzögerung seines ohnehin schon hoffnungslos verspäteten Einsatzes in der Mission hätte ihm gerade noch gefehlt. Er verlor den Faden und murmelte: „Ihre Wünsche, Heiliger Vater, über alles. Ich persönlich würde aber lieber Arabisch lernen, um möglichst bald den Muslimen verkündigen zu können."

Pius IX. schaute ihn überrascht an. Diese Entschlossenheit für die bislang schwierigste und erfolgloseste Richtung der Missionsarbeit hatte er ehrlich nicht erwartet. Zur Beschäftigung mit den katholischen Ost- und Orientkirchen drängten sich eine Menge Leute, nicht zuletzt die sentimentalen Gemüter, die sich an Ikonen, prächtigem Chorgesang und anderen Byzantinismen begeisterten. Für die Islammission hatte sich ihm in seinem langen Pontifikat aber noch nie jemand angeboten. Er mußte diesen Abbé mit den ersten grauen Haaren im Auge behalten, nach Rom bringen, doch hier nicht für immer festnageln: Es würde also doch bei der Rota bleiben.

„Ich habe leider nicht viel Zeit", setzte der Papst nach

diesem Schweigen fort. „Sagen Sie mir daher nur: Was halten Sie für das wichtigste, das im Orient jetzt zu geschehen hätte?"

„Die Schaffung eines unabhängigen oder wenigstens autonomen Christenstaates, wie ihn die orthodoxen Griechen auf dem Balkan schon dreißig Jahre haben. Nicht nur diese kleine Selbstverwaltung für Libanon, wie sie der Hohen Pforte schon abgerungen worden ist. Von Aleppo bis Jerusalem und von Beirut bis Mossul müssen die Christen von der islamischen Herrschaft befreit werden."

Pius IX. zeigte ein feines Lächeln: „Wie genau sich dieser Vorschlag mit der Einflußzone deckt, die der Kaiser von Frankreich im Vorderen Orient für sich beanspruchen möchte! Sie scheinen mir doch ein verkappter Politiker zu sein, Abbé Muslim-Missionar."

„Aber, Heiligkeit, Frankreich soll dem neuen Staatswesen doch nur helfend an die Seite treten. Die Schirmherrschaft würde dem Heiligen Stuhl übertragen."

„Um Gottes willen, nur keinen neuen Kirchenstaat. Für mich ist einer schon genug. Wir wachsen glücklich aus den Zeiten hinaus, in denen Kirche und Staat aneinandergekettet waren, verstehen wieder besser, daß das Reich des Heilands nicht von dieser Welt ist. Die Nöte der orientalischen Christen müssen religiös, nicht politisch gelöst werden. Ich denke da ganz in der Richtung Ihres Anliegens Islammission. Zuvor sollen Sie aber hier in Rom noch etwas an Weltkirche dazulernen, damit Sie nicht immer so hundertprozentig französisch denken."

Papst Pius IX. erteilte Lavigerie seinen Segen, und die Audienz war beendet. Am nächsten Morgen wurde Abbé Charles die Ernennung zum Hausprälaten Seiner Heiligkeit ins Französische Seminar an der Via di Santa Chiara gebracht, wo er abgestiegen war.

Der Heilige Vater schien weiter fest entschlossen, ihn zu sich nach Rom zu bringen. Und tatsächlich hatte er zu Allerheiligen 1861, genau ein Jahr nach dem Gottesdienst in der blutbespritzten Kirche von Deir al-Kamar, seinen Dienst als französischer Uditor an der Sacra Romana Rota im Palazzo della Cancelleria anzutreten. Dieses vor allem für seine Entscheidungen in Ehesachen bekannte Höchstgericht der römisch-katholischen Kirche war aus der mittelalterlichen Apostolischen Kanzlei hervorgegangen, der neben dem Cancelliere und Vice-Cancelliere ein „Auditor contradictarum" und die sogenannten Capellani angehörten. Zu einem eigenständigen Tribunal wurde die Rota durch Papst Benedikt XIV. mit der Apostolischen Konstitution „Iustitiae et pacis" im Jahre 1742. Die Bestellung der Uditoren behielt sich der Heilige Vater persönlich vor, doch wurden zwei von Spanien und je einer von Deutschland und Frankreich vorgeschlagen. Die Städte Bologna, Mailand, Venedig, Ferrara und Perugia hatten dasselbe Nominierungsrecht. Und 1834 war die Rota von Papst Gregorius XVI. neben ihren geistlichen Aufgaben auch zum Höchstgericht für den Kirchenstaat gemacht worden.

Also eine gute Schule für den bisherigen Theologieprofessor und Orientpraktiker Lavigerie, um sich mit Kirchenrecht und Kirchenverwaltung vertraut zu machen. Seine erste Sorge in der Ewigen Stadt hatte allerdings der Wohnungssuche zu gelten. Endlich fand er mit seinem baskischen Hausburschen Jean-Baptiste und dem italienischen Kaplan und Sprachlehrer Don Giuseppe bei den französischen Herz-Jesu-Schwestern von der Einkehr Quartier. Dieser im 17. Jahrhundert unter dem Einfluß der Jesuiten entstandene Frauenorden hatte in Rom seine Niederlassung an der Piazza S. Apostoli zu Füßen der päpstlichen Residenz am Quirinal. Für eineinhalb Jahre wurde das Kloster mit der palaisartigen Fassade die Heimat von Prälat Charles, wie der einstige Abbé jetzt hieß.

Die Stimmung in Rom war nicht die beste für einen Franzosen. Kaiser Napoleon III. unterstützte offen die italienische Einigungspolitik, von der dem Heiligen Stuhl fast das gesamte „Patrimonium Petri", die Romagna, Marche und Umbrien, geraubt und nur mehr das kleine Lazio gelassen worden war. Dazu kamen die Maßnahmen des französischen Innenministers de Persigny gegen die Lazaristen und die Ernennung des Kirchenfeindes Renan zum Professor am Collège de France. Da es nun bei der kleinen französischen Gesandtschaft üblich war, den Gesandten in seiner Abwesenheit durch den Uditor seines Landes bei der Rota vertreten zu lassen, wurde Lavigerie in diese kirchenpolitische Auseinandersetzung mitverwickelt, ob er es wollte oder nicht. Er tröstete sich aber damit, daß er auch einmal in der Mission im Widerstreit der Interessen seiner Heimat und der Anliegen der Kirche stehen würde und daher besser als heute darin die rechte Standfestigkeit und Geschicklichkeit lerne. Das Eintreffen einer französischen Armee in Rom, die den Heiligen Vater vor den italienischen Nationalisten und Antiklerikalen schützen sollte, praktisch jedoch eine Besatzungsmacht war, machte alles noch schwieriger.

In seiner Freizeit widmete sich Lavigerie den Anliegen der orientalischen Christen. Es gelang ihm, das französische Schulwerk zu einer gesamtkirchlichen Organisation mit zweitem Hauptsitz in Rom unter dem Vorsitz des berühmten Kardinals von Reisach auszubauen. Seine Sonntagspredigten in der französischen Nationalkirche San Luigi dei Francesi galten mit Vorliebe diesem Thema, und als Pius IX. zu Dreikönig 1862 im Rahmen der Kongregation für die Glaubensverbreitung das Fundament zur künftigen Ostkirchenkongregation legte, wurde Prälat Charles einer ihrer ersten Konsultoren. Die Bildung bulgarisch-katholischer Diözesen in Konstantinopel und auf der Balkanhalbinsel als Folge von Streitigkeiten zwischen den südslawischen Orthodoxen und dem griechischen Patriarchen im Fener am Goldenen Horn ging weitgehend auf Vorarbeiten des Konsultors Lavigerie zurück. Das Komitee von Civitavecchia für die Heimkehr Bulgariens in die Gemeinschaft mit Rom, von dem seine Apostel Cyrill und Method vor einem Jahrtausend aufgebrochen waren, fand in ihm seinen eifrigsten Mitarbeiter.

Über all dem vergaß Lavigerie seine missionarische Sehnsucht nach einem Wirken in den Wüsten und geistlichen Wüsteneien der Muslimwelt keinen Augenblick. Er brachte in der Kurie bei jeder Gelegenheit die Sprache darauf, bat um ein Amt in einer der neuen Diözesen Nordafrikas, doch bedeutete man ihm, daß er auf einen Bischofssitz warten müsse.

„Sie können jetzt nicht mehr Pfarrer in Tunis oder Tripolis werden, Monsignore!" flöteten die Officiali an der Propaganda Fidei.

Mit Spannung erwartete daher Prälat Charles den Ausgang des Konsistoriums vom 5. März 1863, auf dem neben der Kreierung neuer Kardinäle auch verschiedene Diözesen und Missionsvikariate frisch besetzt wurden. Und tatsächlich fand er seinen Namen auf der Liste, fuhr mit zitterndem Finger über das breite Blatt und mußte lesen: Bischof von Nancy in Lothringen.

Bischof im Serail des Dey

Der 17. November war einer der ersten Regentage in diesem Spätherbst 1866. Dunkle Wolken standen über Algier, und der Sturm peitschte die Wogen über die Molen ins Hafenbecken, wo der Liniendampfer aus Marseille bedrohlich hin und her schwankte. Es regnete seit dem Morgengrauen in Strömen. Der Durst des trockenen Sommerbodens war gestillt, und das Wasser rann in Sturzbächen den steilen Abhang der Medina zur Neustadt der französischen Colons hinunter, die eben ihren am Vortag verstorbenen Oberhirten Monsignore Pavy zu Grabe trugen. Er hatte seine Erhebung zum Erzbischof und Metropoliten von ganz Algerien mit dem frühchristlichen Titel von Iulia Caesarea nicht einmal um vier Monate überlebt.

Marschall Maurice Marquis de Mac-Mahon, Gouverneur von Algerien, stand im Regen auf der Tribüne und erwies seinem alten bischöflichen Freund die letzte Ehre. Sein Adjutant stand durchweicht daneben, den Regenschirm in der

Rechten und die Linke am Säbel. Der Marschall ließ ihn den Parapluie nicht aufspannen, weil er das respektlos fand.

Als sie dann im Offizierskasino beisammenstanden, zur Ehre des Abgeschiedenen und eigenen Erwärmung aus breiten Schwenkgläsern den feurigen Cognac der Champagne schlürften, meinte Mac-Mahon nach einem tiefen Seufzer:

„Der gute Pavy liest jetzt droben im Himmel seine Hochämter. Beliebt bei den Franzosen und angesehen bei den Muslimen war er. Hat sie auch in Ruhe gelassen mit allem sogenannten Missionseifer. Franzosen müssen sie langfristig werden, das ist unser Ziel. Den Glauben Mohammeds können sie auf diesem Weg am allerlängsten behalten, nachdem sie arabische Sprache und Kultur längst aufgegeben haben. Also nur keinen fanatischen Ordensmann ins ehemalige Serail des Dey, dem heutigen Erzbischöflichen Palais!"

„Ich glaube kaum, daß ein Lazarist noch Chancen hat, Monsieur de Marquis, nach allem, was vorgefallen ist."

„Sie kennen Rom nicht, mein Lieber! Die sind imstande, uns einen Jesuiten oder Karmeliten in den Pelz zu setzen, der drüben in Kairo oder Bagdad auf Muslim-Mission getrimmt wurde. Dem müssen wir zuvorkommen. Erinnern Sie sich noch an den Bischof von Nancy, diesen Lavigerie, den wir letztes Jahr in Paris getroffen haben? Der wartet nur auf eine freie Diözese bei uns herunten, scheint aber so gut wie keine Aussicht zu haben."

„Der hat aber genauso vom Verkünden im Islam geschwärmt", wagte der Adjutant einzuwerfen.

„Das werden wir ihm bald abgewöhnt haben, da er nur mit unserer Intervention beim Kaiser Erzbischof von Algier wird. Außerdem hatte Bischof Charles seit Jahren mit dem orientalischen Schulwerk zu tun. Und Schulen lassen wir ihn bauen, so viel er nur will. So sparen wir etwas vom Unterrichtsbudget für einen neuen Vorstoß in die Sahara." Und nach einer Gedankenpause: „Melden Sie sich heute abend bei mir in meiner Privatkanzlei. Ich muß Ihnen schnell einen Brief nach Nancy diktieren, damit er mit dem Kurierschiff von morgen früh noch mitgeht."

Bis dahin hatte der Regen nachgelassen. Der Gouverneur öffnete die Flügeltür zur Veranda hinaus und diktierte seinem Vertrauten, während sein Blick übers Meer bis nach Frankreich zu dringen schien:

„Monseigneur! Sie haben gewiß schon vom Ableben des Erzbischofs von Algier, Monsignore Pavy, erfahren. Sie wissen, daß Seine Majestät der Kaiser bei der Bestellung eines Nachfolgers durch Rom ein gewichtiges Wort mitzureden hat. Der erste aber, den Napoleon III. in dieser Sache um Rat fragen wird, ist meine Wenigkeit. Und wie ich die Dinge sehe, kann es keinen besseren Kandidaten für die Besetzung des erzbischöflichen Stuhles von Algier geben als den derzeitigen Bischof von Nancy. Das ist meine persönliche, vertrauliche Überzeugung. Ich kann mich aber nicht mit einem solchen Vorschlag vorwagen, ohne Ihre Absichten und Pläne zu kennen. Ich ersuche daher um Ihre postwendende Antwort, ob Sie meinen Vorschlag annehmen. Algier ist zur Stunde eine der größten Aufgaben, die sich einem französischen Bischof bieten kann. Ich will Sie nicht über die damit verbundenen Mühen und Schwierigkeiten im unklaren lassen. Doch kenne ich Ihren religiösen Eifer und hervorragenden Charakter, die sich von nichts abschrecken lassen, wenn sie ein edles Ziel im Auge haben. Und Ihr Ziel heißt Algerien!"

Mac-Mahon las das Schreiben noch einmal durch, unterzeichnete es, rollte es zusammen und verschloß es mit einem Siegel. Dann reichte er es wieder dem Adjutanten:

„Sie gehen damit sogleich in den Hafen und geben es persönlich dem Kapitän. Er soll es von Marseille sofort mit der geheimen Expreßpost weiterleiten."

In Nancy waren Bischof und Volk gerade mitten in den letzten Feiern dieses doppelten Jubiläumsjahres: 100 Jahre seit der Vereinigung von Lothringen mit Frankreich und 1.550 Jahre seit der Geburt des heiligen Martin von Tours, die in einigen Quellen mit 316 und nicht mit 335 angegeben wird. Bischof Lavigerie hatte gerade den Chefredakteur seiner Kirchenzeitung bei sich, der „Semaine religieuse" (Religiösen

Woche) und besprach mit ihm den Inhalt der nächsten Nummer:

„Wir haben letzte Woche am 11. November den heiligen Martin als Apostel des Hinterlandes der schon längst verchristlichten Städte Galliens gewürdigt. Schreiben Sie diesmal einen Nachruf auf Erzbischof Pavy von Algier, einen Apostel unserer Tage. Erwähnen Sie besser nicht, welche Schwierigkeiten ihm die französische Kolonialverwaltung bei jedem Ansatz zur Muslimmission in den Weg gelegt hat. Aber betonen Sie, daß das Missionswerk unter einem Nachfolger viel intensiver weitergehen möge."

Lavigerie hatte in seiner Diözese mit Reformen und Priesterausbildung, Erneuerung der Frauenklöster und der heftigen Auseinandersetzung um den päpstlichen „Syllabus" von 1864 gegen Pantheismus, Naturalismus und Rationalismus, Indifferentismus, Sozialismus und Kommunismus so viel zu tun, daß er sich nur selten einmal auf seine ursprünglich missionarischen Ideale besinnen durfte. Jetzt war einer dieser gezählten Augenblicke, und Lavigerie war die Kluft zwischen seinen Pflichten und Sehnsüchten besonders schmerzlich. Ob sich Pius IX. bei der Neubesetzung von Algier an ihn erinnern würde? Etwas Besonderes mußte der Heilige Vater mit diesem Stuhl vorhaben, sonst hätte er ihn nicht zum Erzbistum und Metropolitansitz erhoben, als Pavy schon ein todkranker Mann war.

Ein hastiges Klopfen an der Tür riß den Bischof von Nancy aus dem Grübeln. Sein Sekretär kam aufgeregt auf ihn zu: „Exzellenz, ein Offizier der kaiserlichen Garde mit einer Botschaft für Sie, die er nur persönlich übergeben darf!" Eine Ahnung, der er aber nicht zu vertrauen wagte, weil die Enttäuschung zu groß gewesen wäre, blitzte in Lavigerie auf. Er zwang sich zur Ruhe und Zurückhaltung:

„Lassen Sie ihn hereinbitten, Abbé Emile. Aber bleiben Sie dann auch gleich da."

Ein Kapitän der Garde mit Roßschweif und Ulanenjacke trat über die Schwelle, schlug die Hacken zusammen, salutierte und überreichte dem Bischof eine versiegelte Rolle. Lavigerie erbrach die Petschaft, auf der er das Wappen des Marquis de Mac-Mahon erkannte. Das Blut drang ihm zum Herzen, ein Jubelruf drängte sich ihm auf die Lippen. Zwischen zwölf und dreizehn war er gewesen, als zu ihm in Bayonne der Rabbiner Andrade zum erstenmal von Algerien gesprochen hatte. Jetzt zählte er 41, ein Alter, in dem Missionare zum ersten langen Heimaturlaub zurückzukehren pflegten. Und doch war sein geduldiges Warten nun nicht umsonst.

Der Bischof zog sich mit hastigem Schritt in seine Hauskapelle zurück. Er las den Brief des Marschalls, warf sich zu Boden, vergoß Tränen der Freude und sprach das Gebet des Nikolaus von der Flüe, das ihn ein Schweizer Mitstudent in Issy gelehrt hatte: „Mein Herr und mein Gott, nimm alles von mir, was mich hindert zu dir. Mein Herr und mein Gott, gib alles mir, was mich fördert zu dir. Mein Herr und mein Gott, nimm mich mir und gib mich ganz zu eigen dir!"

Lavigerie wußte, daß gerade dieser Mac-Mahon der Feind jeder Missionsarbeit in Algerien war. Doch kannte er die Macht des Heilands, sich gerade der Feinde des Gottesreiches zu seiner Ausbreitung zu bedienen. Als er in sein Arbeitszimmer zurückkehrte, lag ein Glanz auf seinem Gesicht, der selbst dem abgelebten Kapitän der Garde eine Ahnung von anderen Herrlichkeiten als Schlachtenruhm und galanten Abenteuern vermittelte. Der Bischof wandte sich an seinen Sekretär:

„Schreiben Sie, Abbé Emile: Herr Marschall, nach tiefgehenden Überlegungen und Gebet zum Herrn, mir Klarheit über Ihren Vorschlag zu schenken, will ich Ihnen ohne Verzögerung in aller Offenheit antworten: Es fällt mir natürlich schwer, von einer Diözese zu scheiden, die ich in wenigen Jahren voll und ganz ins Herz geschlossen habe; doch hoffe ich, in Algerien ein noch weiteres Arbeitsfeld zur größeren Ehre Gottes und für das Heil der Menschen zu finden. Ich scheue keine Mühe und keine Not. Ich habe keinen Ehrgeiz, vom Bischof zum Erzbischof und Metropoliten aufzurücken, sondern ich weiß, was auf mich in Algier wartet: Kämpfe, Anfeindungen, schlaflose Nächte und panische Ängste. Und so kann meine Antwort nur lauten: Ich sage aus ganzem Herzen ja zu dem Kreuzweg, den Sie mir anbieten. Ich erteile Ihrer Exzellenz jede Vollmacht, mich Seiner Majestät dem Kaiser für den Sitz von Algier vorzuschlagen."

Schon im Dezember wurde Lavigerie nach Paris zu einer Audienz bei Napoleon III. beordert. Der Kaiser war im vergangenen Sommer nicht persönlich zu den Hundertjahrfeiern nach Nancy gekommen, weil gerade der Krieg Preußens und Italiens gegen Österreich tobte und der Monarch in Paris unabkömmlich war. Lavigeries erster Eindruck vom Neffen des großen Napoleon war nicht gerade der beste: Eine kleine, unansehnliche Gestalt mit durch und durch nicht edlem Äußeren, schleppender Gang, unschöne Hände, der schlau suchende Blick der matten Augen, alles dies bildete eine Mischung, die nicht geeignet war, jenen ersten Eindruck günstig zu gestalten. Bei der Audienz war auch Kultusminister Baroche zugegen, der sofort aufgeregt mit dem Kaiser zu tuscheln begann, als Lavigerie die Muslim-Mission als Hauptmotiv für seine Einwilligung zu dem Wechsel von Nancy nach Algier ins Gespräch brachte. Darauf bot ihm Napoleon III. das ehrenvolle und aussichtsreiche Amt des Erzbischof-Koadjutors von Paris an, das Lavigerie jedoch ausschlug. Entweder Algier oder Nancy, betonte er.

Die Audienz endete in Mißstimmung. Umso überraschender kam am 12. Jänner 1867 der kaiserliche Vorschlag für Lavigerie als Erzbischof von Algier. Mac-Mahon mußte sich außerordentlich ins Zeug gelegt haben. Gleichzeitig wurden Abbé Callot und Abbé des Les Cases als Bischöfe für die von Pius IX. neugeschaffenen Suffraganbistümer von Constantine und Oran nominiert. Das christliche Nordafrika versprach wiederzuerstehen. So hatte es sich Lavigerie jedenfalls vorgenommen. Seinen Freunden in Frankreich, Rom, Libanon und Syrien sandte er zum Abschied sein „Programm für Afrika":

„Das triste Beispiel von Ohnmacht und Kopflosigkeit, das wir seit mehr als dreißig Jahren in Nordafrika geben, ist eine

Zuavenmusik in Algier

Folge der vorbedachten Ausschaltung jeder christlichen Idee bei der Verwaltung Algeriens, die gerade die Berber weiter den Arabern und dem Islam zuspricht, statt sie zu ihrer christlichen Vergangenheit und hohen Kultur zurückzuführen. Da ist es endlich an der Zeit, ein mannhaftes Wort zu sprechen und ein Beispiel zu setzen. Ein Oberhirte von Algerien darf sich dieser Verpflichtung nicht entziehen. Mit Gottes Hilfe will ich mutig voranschreiten. Für den Anfang der Verkündigung unter den algerischen Muslimen gibt es zwei wirksame, mögliche und zuverlässige Wege: Werke der Nächstenliebe für alle und katholische Schulen für die Jugend.

In größerer Sicht hat Algerien die Tür zu werden, die uns von der Vorsehung nach dem gesamten wilden Kontinent mit seinen 200 Millionen Seelen geöffnet wurde. Das katholische Apostolat muß von hier nach allen Richtungen Afrikas ausstrahlen. Darin liegt die zweite große Aufgabe der wiedererrichteten christlichen Hierarchie in Nordafrika.

Das sind die beiden Perspektiven, die mich anziehen. Läßt sich in Frankreich eine annähernde bischöfliche Aufgabe finden? Außerdem habe ich mich nicht vorgedrängt, sondern bin darum angegangen worden. Hätte ich vor Gott dem Herrn eine Ablehnung rechtfertigen können? Noch bin ich jung, gesund und kräftig genug. Da habe ich eben ‚ja' gesagt, wenn ich auch gestehen muß, mit ziemlichem Herzklopfen. Versteht Ihr jetzt, daß mich da auch der Posten eines Erzbischof-Koadjutors nicht von dem einmal gefaßten Vorsatz abbringen konnte?

Das Fehlen eines jeden Versuches, Algerien für den Heiland zu gewinnen, ist eine wahre Schande für Frankreich, das dort den Herren spielt. Dieser traurige Zustand muß wirksam geändert werden. Das Angebot, das mir von völlig unerwarteter Seite gemacht wurde, kann letztlich nur in der Vorsehung gründen. Im Gottvertrauen liegt jeder Erfolg begründet."

Die Gnadenmutter von Buffarik

Das erste, was im Mai 1867 vor den Augen Lavigeries auf-
tauchte, der von der Brücke des Schiffes nach der algerischen Küste ausspähte, waren die zackigen Bergketten der
Kabylei. Und als der Dampfer um das Kap Pointe Pescade in
die Bucht von Algier einbog, breiteten sich die weißen
Häuser der Stadt am Abhang des letzten Vorberges vom
Atlas wie der Rund eines Amphitheaters aus.

Als der Dampfer im Hafen Anker warf, sah der Oberhirte
„seine" Stadt zum ersten Mal genauer: Zunächst die Kais,
Docks, breiten Straßen und mehrstöckigen Häuser des Euro-
päerviertels in der Unterstadt, dann Terrasse um Terrasse
die arabischen Stadtteile mit ihren flachen Dächern, Mo-
scheekuppeln und Minaretten; schließlich die Kasernen und
Forts unter der Trikolore Frankreichs, doch an die alte türkische Mauer und Zitadelle gelehnt — die Kasbah. Anstelle
der Janitscharen logierten dort jetzt die einheimischen Hilfstruppen der Spahis und Zuaven. Und schließlich noch der
Hügel Mustafa mit seinen weißen Erholungsvillen und Palmen-
gärten. Rechts davon erhob sich im Rohbau, doch schon
mächtig über die ganze Bucht hinausragend, Algiers erste
große Kirche seit der islamischen Eroberung: Notre-Dame
d'Afrique — Unsere Frau von Afrika.

Die führenden Geistlichen der Stadt kamen an Bord, um
ihren neuen Erzbischof zu begrüßen. An ihrer Spitze Gene-
ralvikar Stalter und der Seminar-Regens, der Lazarist Girard,
von dem Lavigerie schon in Nancy einmal aufgesucht
worden war. Sie nahmen den Oberhirten in die Mitte und
führten ihn an die Reeling. Vieltausendstimmiger Jubel bran-
dete auf. Neben den Katholiken von Algier hatten sich viele
Neugierige und Schaulustige eingefunden: Araber, Juden,
Berber, Griechen, Türken und Armenier. Lavigerie erblickte
rote Fischermützen, Turbane, Gesichtsschleier der Tuareg,
wollene Kaifs der Araber, Beduinentücher und Judenmützen.
Dazu waren die verschiedenen Waffengattungen der Garni-

Die „Grom"-Moschee

son in ihren bunten Uniformen angetreten. Als der Erzbischof die Hand zum Segen erhob, fielen alle auf die Knie, ohne Unterschied ihrer Religion. In einer Prozession zog man zur bisherigen Kathedrale, einer zur Kirche gemachten Moschee.

„Höchste Zeit", dachte Lavigerie, „daß Notre-Dame d'Afrique fertig wird. Wir geben den Muslimen das schlechteste Beispiel, wenn wir ihre Gotteshäuser gewaltsam für uns beanspruchen. Sie tun zwar seit Muhammad mit unseren Kirchen dasselbe, aber als Christen sollten wir uns eben gerade durch Liebe, Freiheit und Gewaltlosigkeit von den harten Gesetzesreligionen unterscheiden. Mein Missionswerk muß bei Katholiken und Franzosen beginnen, ehe wir dem Islam halbwegs überzeugend gegenübertreten können!"

Erst am Abend konnte er sich von all den Feiern und Begrüßungen ins erzbischöfliche Palais zurückziehen, das am Hauptplatz dem Regierungssitz des Gouverneurs Mac-Mahon genau gegenüberstand. Es war ursprünglich Residenz des Dey von Algerien, in den letzten Jahrzehnten der Unabhängigkeit jedoch den Provinzstatthaltern als Wohnung während ihrer Besuche in der Hauptstadt zur Verfügung gestellt worden: den Beys von Oran, Constantine und Titteri. Es war ein prächtiger maurischer Bau mit einem Säulenhof im Inneren. Hier empfing Lavigerie in den nächsten Tagen die Priester seiner Diözese, die Seminaristen und aktiven Laien. Er sprach zu ihnen vom mutigen Geist der afrikanischen Märtyrer in der Urkirche, von den Kirchenvätern Cyprian, Augustin und Fulgentius, von den Bemühungen eines Königs Ludwig des Heiligen oder Vinzenz' von Paul um die Auferstehung der Kirche in dieser ihrer alten Heimat. Er würdigte die Verdienste seiner bischöflichen Vorgänger Dupuch und Pavy. Dessen Motto „Resurgens non moritur — Der Auferstehende stirbt nicht" müsse jetzt von der algerischen Kirche in Form eines missionarischen Erwachens bis nach der Kabylei, der Sahara, dem Sudan, Äquatorialafrika und Tunis verwirklicht werden.

An die islamische Geistlichkeit Algeriens richtete der Erzbischof ein Schreiben, in dem er sich ihr vorstellte und seine

Islamische Geistliche in Algerien

Ideen über das künftige Verhältnis von Kreuz und Halbmond darlegte:

„Ich nehme für mich das Recht in Anspruch, Euch als meine Söhne zu lieben, mögt Ihr mich auch nicht als Euren Vater anerkennen. Ich sage Euch offen, daß ich kein anderes Ziel kenne, als in diesem Afrika dem Einen Hirten die eine Herde zu bereiten. Ich versichere Euch aber ebenso nachdrücklich, daß ich zu diesem Ziel keine anderen Wege beschreiten und keine anderen Hilfsmittel gebrauchen werde, als Euch zu lieben und Gutes zu tun sowie Gott, den Herrn und Meister aller Menschen und der gesamten Schöpfung, um Eure Erleuchtung zu bitten."

Um Erleuchtung wollte Lavigerie auch für sich selbst bitten, ehe er sein schwieriges Seelsorgs- und Missionswerk in Angriff nahm. Das Priesterseminar von Kubba schien dafür der genau richtige Platz zu sein. Die ehemalige Festung war der Kirche 1848 von General Cavaignac überlassen worden und lag zu Füßen der Atlasberge in der malerischen Ebene der Mitidscha. Auf dem Weg nach Kubba besuchte der Erzbischof in dem Dorf Buffarik einen der seltenen Ansätze zur Muslim-Mission, der noch unter dem ersten Bischof Dupuch eingeleitet worden war: Als die Jesuiten 1848 das norditalienische Königreich Sardinien-Piemont verlassen mußten, hatte sie die zehn Jahre zuvor errichtete Diözese Algier eingeladen, hier eine Art Musterdörfer für islamische Waisenkinder aufzubauen. Nach dem Vorbild der berühmten Missionsdörfer des Jesuitenordens in Südamerika sollten hier elternlose Jungen und Mädchen in ihrer gewohnten Umgebung und Kultur, doch im christlichen Glauben heranwachsen. Lavigerie wollte sich eines dieser Experimente näher anschauen, um sich persönlich von der Gangbarkeit dieses Weges zu überzeugen. Grundsätzlich erschien es ihm sehr einleuchtend, daß gerade frühchristliche Ideale des gemeinsamen Lebens und Besitzens dann auch auf die islamische Nachbarschaft den besten Eindruck machen würden. Doch handelte es sich hier ja nicht um Kommunitäten reifer Christen, die diesen Weg einer in jeder Hinsicht integrierten Gemeinde mit

Erfahrung, Überzeugung und Opferbereitschaft eingeschlagen hatten. Nach Buffarik im Stammesland der Sidi-Habib waren es Kinder und Halbwüchsige, die von der Polizei mehr oder weniger gewaltsam eingewiesen wurden. Für die „besseren" Waisen wurde meist sogleich von der islamischen Wohlfahrt gesorgt. Was P. Giacomo Favero in der Mitidscha aufzunehmen hatte, waren die Kinder von Kriminellen und Dirnen, von Ausgestoßenen der pharisäisch-wohlgeordneten Muslimgesellschaft, oft schon selbst seit Jahren zu Bettelei und Vagabundieren, Einschleichdiebstählen und Kinderprostitution angehalten.

„Sie wirken hier täglich Wunder", sagte der Erzbischof anerkennend zu dem kleinen Jesuiten, nachdem er sich zunächst über die frohe und fromme Jugend gefreut und dann noch mehr gestaunt hatte, als er die näheren Umstände des ganzen Unternehmens und die Herkunft der Waisen erfuhr.

„Wunder ja", meinte der Piemontese lächelnd, „aber nicht ich bin es, der sie wirkt. Wir sind noch nicht in der Kirche gewesen, dort wird Ihnen alles klar werden."

Der Pater schritt auf das moscheeartige Kirchlein zu, in dessen schlichtem Inneren Beduinenfrauen in malerischer Tracht andächtig herumstanden. Eine kniete vor dem Altar und hielt ihr Kind zu einem Madonnenbild hochgestreckt, das sich hinter dem Altarkreuz befand.

„Unsere Frau vom Trost", erklärte der Jesuit. „Das Original des Gnadenbildes hängt in Turin. Dort haben es viele Heilige verehrt: Karl Borromäus, Franz von Sales, Benedetto-Giuseppe Cottolengo und zuletzt unser heiligmäßiger Zeitgenosse Don Bosco. Als mich meine Oberen fragten, ob ich mich über diese Aufgabe hier überhaupt wagen wolle und welche Unterstützung ich bräuchte, habe ich unter der einzigen Bedingung zugesagt, eine Kopie aus Turin nach Buffarik zu bekommen. Als das Bild 1851 eintraf, versammelte ich meine bis dahin völlig ungebärdigen Burschen in dem Notkirchlein, enthüllte die Gnadenmutter und sagte zu den Kindern: ‚Seht ihr, jetzt ist eine Mutter zu euch gekommen. Nun müßt auch ihr gut zu ihr sein.' Von diesem Tag an waren alle wie verwandelt. Die Kleinen waren ohne den Schutz ihrer Eltern, leider oft auch gerade durch verkommene Eltern, in die Kloaken des Lebens gestoßen worden, Leiden und Schmerz zufügen war das einzige, was sie kannten. Die Trösterin brachte ihren früh verwundeten Herzen den Frieden. Sie hatten jetzt jemand, von dem sie sich geliebt wußten und den sie daher vorbehaltlos lieben konnten. Wenn die Kinder müde vom Feld zurückkamen, schimpften und murrten sie jetzt nicht mehr, sondern brachten der ‚Mama in der Kapelle' Blumen und Granatäpfel, Öl für die Ampeln und Kerzen für den Altar. Und ihre Gebete in kleinen und großen Nöten haben immer Erhörung gefunden!" Der Jesuit schaute suchend um sich: „Sehen Sie dort den lustigen schwarzen Lokkenkopf? Der fiel letzten Sommer vom Heuwagen, und die Räder gingen über seine Beine. Ganz wunderbar blieb er unversehrt. Und Ali-Rudolf dort drüben litt bei seiner Einlieferung unter solchen Koliken, daß wir um sein Leben bangten. In einer Nacht, als er sich wieder schlaflos hin und her wälzte, lief er gequält aus dem Schlafsaal in die Kapelle und schrie: ‚Gottesmutter, meine liebe Mama, mach mich gesund, oder laß mich zu dir in den Himmel kommen!' Und von da an ist er geheilt. Oder andere Kinder, die nach ihren früheren Erlebnissen unter panischer Angst litten, das Zittern und Zähneklappern auch hier nicht ablegen konnten. Wir haben ihnen kleine Bildchen der Gnadenmutter vom Trost um den Hals gehängt, und die Angstanfälle blieben aus."

Lavigerie dachte an seine nächtliche Einsamkeit, wenn ihm aller Mut zu schwinden drohte und er sich hilflos einer feindlichen Umwelt ausgeliefert sah, er mit seinen hochgesteckten Zielen bestenfalls aufrecht unterzugehen hoffte. Wenn einer panischen Schrecken kannte, so war er es.

„Geben Sie auch mir ein solches Bildchen, Pater Fevero. Nicht nur Waisenkinder haben ihre Ängste. Auch bei Erzbischöfen soll das schon vorgekommen sein!"

Und der Erzbischof blieb gegen alles Programm über Nacht in Buffarik, wachte allein in der 1861 neuerbauten Kirche vor dem tröstenden Gnadenbild. In Algier selbst lebten nur 10.000 bis 11.000 Muslime neben den 30.000 Franzosen, 18.000 sonstigen Ausländern und 7.000 Juden. In der ganzen Diözese standen seinen 80.000 Katholiken über eine Million islamische Berber und Araber gegenüber. Jede Verkündigung unter ihnen war durch die Kolonialverwaltung untersagt. Von den paar Waisenkindern der Jesuiten abgesehen, hatte in den bald 40 Jahren christlicher Herrschaft in Algerien kein einziger Muslim die Erfüllung der Botschaft Muhammads in der Kirchengemeinde des Heilands gesucht. Im Gegenteil, es mehrte sich die Zahl der Algerienfranzosen, und unter ihnen hohe Beamte und Offiziere, die zum Islam übertraten oder ihn heimlich praktizierten, vor allem was seine polygamen Erleichterungen betraf.

Lavigerie sah erst jetzt und hier mit aller Tragweite, auf welche Auseinandersetzung mit den Kolonialbehörden, mit Mac-Mahon persönlich, er sich da eingelassen hatte. Allein konnte er diesen Kampf nicht gewinnen. Er mußte sich in Rom beim Heiligen Vater Hilfe holen. Und die tröstende Gnadenmutter würde seine Bemühungen krönen und vollenden.

Hunger, Seuchen und der Tod

Schon in Biarritz hatte Lavigerie von der Cholera in Algerien flüstern gehört. Er war auf Rat Pius IX. bei Napoleon vorstellig geworden, um von ihm die allerhöchste Genehmigung für kirchliche Spitäler unter den Berbern der Kabylei zu erlangen. Dort waren Erinnerungen an den früheren christlichen Glauben noch am stärksten vorhanden, blühte die Heiligenverehrung, stand das Kreuz in Ehren und wurde in der Volksfrömmigkeit eine Art Eucharistie gefeiert. Der Kaiser jedoch hatte den Erzbischof an Mac-Mahon gewiesen. Die Auseinandersetzung zwischen Staat und Kirche in der Missionsfrage, die Lavigerie gerne vermieden hätte, stand unaus-

Islamische Koranschule

weichlich bevor. Doch zunächst brach über Algerien viel Schlimmeres herein.

Als der Erzbischof Ende September nach stürmischer Seefahrt in Algier einlangte, wütete dort die Cholera. 50.000 Todesopfer waren schon zu beklagen, um die 1.500 starben Tag für Tag in den überfüllten Spitälern, verlassen in ihren Häusern oder auf dem Straßenpflaster. Priester spendeten die Sterbesakramente, um selbst todkrank in ihre Pfarrhäuser zurückzukehren, die Schwestern scheuten keine Opfer und gaben ihr Leben für die Kranken.

„Jetzt dürfen wir zeigen, daß wir Christen sind!" ermahnte der Erzbischof seine Mitarbeiter. Er selbst war Tag und Nacht von einem Krankenhaus zum anderen unterwegs. Und machte sich ernste Gedanken darüber, daß die ersten Ansätze der Jesuiten zur christlichen Erziehung islamischer Waisen bald systematisch und großzügig ausgebaut werden müßten. Er ließ am Großen und Kleinen Priesterseminar Schnellkurse in der arabischen Sprache einrichten, die bisher von den Kolonialfranzosen und einem Großteil des Klerus nur verachtet worden war. Napoleon III. selbst hatte 1864 die scharfe Trennung von Franzosen und Muslimen in Algerien bestätigt, Berbern und Arabern weitgehende Gruppenautonomie mit dem islamischen Sakralrecht als Gesetzesordnung gewährt. Und da kam jetzt ein Lavigerie, um diese beiden völlig getrennten Welten in ein und demselben Land zusammenzuführen.

Die dramatischen Ereignisse des Winters 1867/68 halfen ihm dabei. Während sich Lavigerie nach oben durch fleißiges Sammeln von Erklärungen des letzten Bourbonenkönigs Karl X. absicherte, der die Christianisierung Nordafrikas als eines der Fernziele seiner militärischen Expedition nach Algier bezeichnet hatte, nahmen erste einheimische Institutionen direkt Kontakt zum Erzbischof auf. Angesichts des Anhaltens, ja Anwachsens der Choleraepidemie setzten sich verschiedene Berber-Räte der Kabylei, die sogenannten Dschemaas, mit Lavigerie in Verbindung, von dessen Spitalsplänen sie gehört hatten. Doch die Kolonialverwaltung unterband vorerst alle weiteren Begegnungen. Und im Jänner 1868 holte Mac-Mahon sogar zum Gegenschlag aus: Er dekretierte die Einführung gemischter Schulen rein säkulären Charakters und ohne jeden Religionsunterricht für Franzosen, Araber und Berber, Juden, Christen und Muslime in ganz Algerien. In der Stadt Algier selbst, die von fanatischen Antiklerikalen regiert wurde, stimmte der Gemeinderat dazu noch in großer Mehrheit für das sofortige Verbot aller kirchlichen und Ordensschulen.

Da durfte sich Lavigerie nicht länger zurückhalten. Und er ließ dem Gouverneur über den Hauptplatz einen ganz anderen Brief zustellen, als er ihm noch vor 14 Monaten geschickt hatte:

„Sollte diese Verordnung ins Werk gesetzt werden, so sehe ich mich gezwungen, allen katholischen Kindern den Besuch dieser neuen Staatsschulen ausdrücklich zu verbieten. Diese Maßnahmen sind ein Akt der Apostasie, ein Verrat am christlichen Glauben unserer Jugend, noch dazu in einer mehrheitlich islamischen Umgebung." Diese offene Sprache mußte einem alten Haudegen wie dem Marschall imponieren. Er schickte dem Erzbischof, mit dem er sich nicht persönlich aussprechen wollte, eine versöhnliche Note und ordnete die „vorläufige" Verschiebung der laizistischen Schulreform an. Lavigerie hatte seine erste Schlacht mit der missionsfeindlichen Obrigkeit gewonnen. Jetzt ging er von der Verteidigung zum Angriff über.

Schon im Jahr 1853 hatten Pioniere die alte türkische Festung der „24 Stunden" abgerissen und dabei einen eingemauerten Körper gefunden. Das deckte sich genau mit Berichten aus dem 17. Jahrhundert, nach denen ein zum Christentum bekehrter und auf den Namen Geronimo getaufter Araber zur Strafe dafür lebendig in die Mauer des Forts eingeschlossen wurde. Seine sterblichen Überreste ruhten seitdem in der Kathedrale. Papst Pius IX. erklärte ihn zum „Venerabilis", doch hatte sich in Algier wegen der vorherrschenden kirchenpolitischen Atmosphäre keine rechte Verehrung des tapferen Glaubenszeugen herausbilden können. Jetzt machte ihn Lavigerie zum Heros eines Gebetskreuzuges für die Bekehrung der Muslime, den er sonst noch der besonderen Fürsprache des heiligen Augustin anvertraute. In allen Kirchen Algeriens wurde für die Muslime gebetet, der Missionsgeist in allen Gemeinden aufgerüttelt, ohne daß MacMahon einen Vorwand zum Einschreiten gehabt hätte. Und Pius IX. erteilte diesem Gebetswerk in einem eigenen Breve sein kanonisches Fundament.

Während die Cholera im Winter mit zunehmender Kälte zurückging, stellte sich eine neue Plage ein: Heuschreckenschwärme, die alles Grün in der auf den Winterregen basierenden Landwirtschaft Algeriens ratzekahl wegfraßen. Dazu kam außerordentliche Trockenheit. Zu alledem gesellte sich im Frühjahr 1868 die Pest. Bis dahin war schon ein Fünftel der islamischen Bevölkerung an Cholera und Hunger zugrundegegangen. Schließlich setzten viel zu spät die Winterregen ein, es wurde bitter kalt, und in Bergen und Hochland lag tief der Schnee wie schon lange nicht mehr in dieser südlichen Gegend.

Die Überlebenden flohen nach den Küstenstädten, rotteten sich in Banden zusammen, die das offene Land und die Vororte unsicher machten. Für ein Stück Brot waren sie zu jeder Untat fähig. Die Schwächeren machten sich über alle Arten von Tieren und selbst über Kadaver her, um nur den quälenden Hunger zu stillen. Von den Pfarren und Klöstern im Bergland erhielt Lavigerie Berichte, die ihm die Haare zu Berge stehen ließen. Hyänen und Aasgeier durchstreiften in Rudeln das Land und fanden überall an den unbestatteten Leichen reichen Fraß.

Der Erzbischof wußte nicht, wo er zu helfen anfangen sollte. Ruhelos irrte er von einer Ecke seiner Diözese in die andere, rastlos warf er sich einer Katastrophe entgegen, die unbarmherzig ihren Gang nahm. Tief in Gedanken versunken ging er an einem Abend am Meer dahin, um etwas frische Luft zu schnappen, als ihn ein Bettelknabe ansprach. Das Kerlchen mochte etwa zehn Jahre alt sein, sah schrecklich verhungert aus, und seine klugen Augen brannten vor Fieber.

„Von wo kommst du, mein Kind?" fragte Lavigerie teilnahmsvoll.

„Aus den Bergen, von weit, weit her", klagte der Knabe.

„Und deine Eltern? Wieso bist du allein?"

„Mein Vater ist tot. Und Mutter hat mich fortgejagt. Hatte nichts mehr zum Essen für mich. Ging in die Christendörfer. Da haben sie die Hunde auf mich gehetzt. So immer weiter, weiter. Bis hierher."

„Wie hast du etwas zum Essen gefunden. Du kannst doch nicht den ganzen Weg mit leerem Magen gelaufen sein?"

„Untertags habe ich Gras und Blätter gekaut. In der Nacht hätte ich mir vielleicht ein paar Bissen wo stehlen können, doch fürchtete ich mich. Viele fangen jetzt Kinder und braten sie, weil sie sonst verhungern müßten."

„Und wohin gehst du jetzt?"

„Ich weiß nicht."

„Soll ich dich zu einer Moschee bringen? Vielleicht wird dort für dich gesorgt?"

„O nein! Ich bin schon von so vielen Moscheen fortgeprügelt worden."

„Willst du dann bei mir bleiben?"

„Guter Herr, sollte das wirklich wahr sein? Von Herzen, Herzen gern!"

Lavigerie nahm ihn mit ins Kleine Priesterseminar und gab ihm später, als er getauft wurde, seinen eigenen Namen: Charles. Omar Ben Said-Charles wurde so zum ersten der islamischen Waisenkinder, deren christliche Erziehung der Erzbischof in die Hand nahm. Bald hatten er und seine Helfer zehn, zwanzig, hundert aufgelesen, und die Kunde davon verbreitete sich im ganzen Lande. Überall versuchten nun elternlose oder von diesen im Hunger hartherzig verstoßene Kinder den nächsten Pfarrhof zu erreichen, wo sie oft mehr tot als lebend anlangten. Mit vom Hunger aufgetriebenen Bäuchen, schrecklich großen Köpfen und gespenstischen Augen, die alle Schrecken gesehen hatten. Dabei war nur ihr Hunger größer als die große Angst, die eine islamische Gegenpropaganda in ihre Herzen gesät hatte: Überall wurde verkündet, daß die Frankenpriester die Kinder nur anlockten, um ihr Blut zu trinken und die ausgesaugten Leichname dann ins Meer zu werfen. Bald waren das erzbischöfliche Palais, Lavigeries kleines Landhaus am Meer in Saint-Eugène und das Priesterseminar mit Waisenkindern überfüllt. Nicht einmal auf den Gängen war mehr Platz für sie. Die Mädchen wurden bei den Schwestern der Göttlichen Lehre untergebracht, einem aus Lavigeries alter Diözese Nancy stammenden Orden. Alle Bestände an Talaren und sonstiger geistlicher Tracht mußten umgeschneidert zur Einkleidung der in Lumpen und Fetzen angekommenen Kinder herhalten. Lavigerie unternahm schnell eine Bettelreise nach Paris, um das Nötigste für seine Schützlinge zu erhalten. Außer reichen Spenden brachte er Prämonstratenser mit, die das bisherige Gebetswerk vom heiligen Augustin für die Bekehrung der Muslime zu einem Liebeswerk an den islamischen Waisen Algeriens ausbauen sollten. Der erste Anfang wurde bei den Jesuiten von Buffarik gemacht, die ihr bereits im kleinen Rahmen bestehendes Waisendorf der neuen und größeren Aufgabe zur Verfügung stellten. Insgesamt wurden 7.153 Muslimkinder vor dem Hungertod, vor Cholera, Typhus und Pest gerettet. Dagegen hatte zunächst auch Marschall Mac-Mahon nicht das geringste einzuwenden. Sobald jedoch die ersten Taufen gespendet wurden, begann die antiklerikale Hetze aufs neue. Die radikale (= kirchenfeindliche) Tageszeitung „l'Avenir algèrien" schrieb zynisch: „Im kirchlichen Kinderheim von Missergin werden die dreckigen Araberjungen zunächst einmal gründlich gewaschen. Man hat dabei sicher nicht versäumt, gleich eine Taufe einfließen zu lassen." Noch schärfer wandte sich der halbamtliche „l'Courrier d'Algèrie" am 2. und 4. Februar 1868 gegen diese „neuen Schliche pfäffischer Proselytenmacherei". Unerwartete Schützenhilfe kam hingegen von islamischer Seite. Muhammad Ben Hadschen, ein Offizier der einheimischen Schützentruppe, dankte dem Erzbischof für sein gottgefälliges und menschenfreundliches Hilfswerk, spendete sogar einen ansehnlichen Betrag dafür.

Das konnte aber nicht verhindern, daß sich die Staatsverwaltung immer feindseliger einstellte. Das Evangelium für die Franzosen, den Koran für die Einheimischen, das war Mac-Mahons unabänderliche Überzeugung. Wenn dieser Lavigerie jetzt anfing, Muslimkinder zusammenzufangen und zu taufen, konnte das einen Aufstand, ja die Verkündigung eines Heiligen Krieges bedeuten, wie er die Kolonie schon einmal unter Abd el Kader an den Rand des Untergangs gebracht hatte.

Der Gouverneur verlangte dem Erzbischof die Unterlagen aller Kinder ab und ließ ihre Listen in ganz Algerien anschlagen und ausrufen. Auch entfernten Verwandten wurde das Recht zugesprochen, ihre Nichten oder Neffen aus den Waisensiedlungen zurückzufordern.

Doch niemand meldete sich. Da gab sich Mac-Mahon geschlagen, und er ließ Lavigerie unter vier Augen wissen, daß er nichts gegen diese „Aufzucht arabischer Christen" unternehmen werde, das ganze Vorgehen aber niemals offiziell akzeptieren könne. Immerhin hatte sich die algerische Muslim-Mission so erste Handlungsfreiheit, einen Präzedenzfall für weitere Vorstöße, erobert. Was Erzbischof Lavigerie nun brauchte, waren gut geschulte und in jeder Hinsicht zuverlässige Mitarbeiter.

Die Weißen Väter

Seit Errichtung der Diözese Algier am 10. August 1838 durch Papst Gregorius XVI. hatten die Priester Nordafrikas und ihre Bischöfe schon dann und wann von einer Missionsgesellschaft für die Bekehrung der islamischen Berber und Araber geträumt. 1849 war im Diözesanstatut der folgende „Missionsartikel" festgelegt worden: „Die Priester unserer Diözese lassen niemals das Ziel einer Missionsarbeit unter den Einheimischen aus dem Auge. In dieser Phase der Vorbereitung müssen wir uns allerdings auf das Studium der arabischen Sprache, des Korans, der islamischen Sitten und Gebräuche

Armenviertel in Algier

beschränken, damit wir bereit sind, wenn endlich die Stunde der Verkündigung schlägt."

1857 war es dann der Jesuit P. Ducat, von dem das Projekt einer „Arabischen Mission" detailliert ausgearbeitet wurde. Das Vorhaben gedieh bis zur Errichtung eines Noviziats in der Villa Ferraton bei Algier, wurde aber dann von der staatlichen Obrigkeit unterdrückt. Einziger Ort, an dem der apostolische Geist lebendig gehalten wurde, blieb das Priesterseminar von Kubba. Regens Girard, der missionsbegeisterte Lazarist, hatte schon 1851 in den islamischen Armenvierteln von Algier mit der Verkündigung begonnen, worauf er von der Stadtverwaltung mit Gefängnis und Ausweisung bedroht wurde. Davon hätte er sich nicht abschrecken lassen, doch mahnten ihn die eigenen Oberen zur Zurückhaltung. Inzwischen war er 75 Jahre alt, ein ehrwürdiger Greis mit langem, weißem Bart, dem alle Seminaristen großen Respekt und noch mehr Zuneigung entgegenbrachten. In allen drei Diözesen Algeriens, von Oran bis Constantine, wurde er mit einer Mischung von Scherz und Hochachtung nur „der ewige Pater" genannt.

Lavigerie hatte mit P. Girard kaum über seine große Sorge gesprochen, wem er die Leitung der Missionsdörfer für die islamischen Waisen anvertrauen könne, als ihm dieser noch am selben Abend drei Seminaristen ins Palais brachte: „Diese jungen Männer wollen sich der afrikanischen Mission weihen. Ist das nicht ein guter Kern für Ihr Vorhaben?"

Die drei knieten vor dem Erzbischof nieder, baten ihn um die Annahme ihrer Weihe und seinen Segen. Lavigerie wollte seiner überquellenden Freude nicht sofort freien Lauf lassen. Sorgfältig prüfte er die Berufung der drei Seminaristen, machte ihnen zum Schein alle möglichen Schwierigkeiten, bis er von ihrer Lauterkeit und Entschlossenheit überzeugt war. Der eine von ihnen, Charles Finateu aus Colea im Südwesten der Hauptstadt, hatte sich schon am Knabenseminar zum Grundsatz bekannt: „Um den Arabern den einzigartigen christlichen Glauben zu bringen, muß man in allem anderen zunächst selbst ein Araber werden." Der zweite war Louis Pux aus Bougie, dem Hafen der Kabylei auf ihrer östlichsten Halbinsel. Schließlich Eugène Barbier, der sich aus der französischen Erzdiözese Lyon ausdrücklich ans algerische Seminar gemeldet hatte, um hier für die Bekehrung der Berber und Araber wirken zu können.

Lavigerie hielt mit diesen drei Idealisten und P. Girard eine Novene, die in der Einsicht gipfelte, eine Missionsgesellschaft mit der besonderen Zielrichtung auf den Islam und Afrika ins Leben zu rufen. Später im Seminar gab der Erzbischof seinen ersten Getreuen eine Reliquie des algerischen Märtyrers Geronimo und die prophetischen Worte mit: „Ite, docete omnes gentes' — Geht hin und lehret alle Völker!"

Ins Seminar von Kubba zurückgekehrt, bewahrten die drei ihre geheime Mission streng unter sich, unternahmen aber alles, um sich auf die schwierige Aufgabe der Muslimbekehrung entsprechend vorzubereiten: Sie beteten täglich gemeinsam für dieses Anliegen, praktizierten Besitzgemeinschaft bei ihrer bescheidenen Habe und dem Taschengeld, begannen mit großem Eifer Arabisch zu lernen. Sie erreichten, daß die gemeinsamen Spaziergänge und Ausflüge der Seminaristen auf die einheimischen Viertel mit ihren Moscheen und Derwischklöstern ausgedehnt wurden. Wo immer sie nur konnten, versuchten sie, Muslimen in Not zu helfen. Ihre künftige Missionsgemeinschaft stellten sie sich als eine Verbindung des strengen monastischen Lebens der Trappisten mit den praktischen Erfordernissen des Apostolats in Afrika vor.

Das waren die Anfänge der „Missionarii Africae" oder „Weißen Väter", wie sie später nach ihrer maurischen Burnustracht genannt wurden. Noch ehe sich der Orden als solcher etablieren konnte, sicherte ihm der weitblickende Erzbischof sein künftiges Zentrum in der sogenannten Maison-Carree im Osten von Algier: einer alten Türkenburg, von den Arabern Burdsch genannt, die bei der französischen Besitzergreifung schwer gelitten hatte.

Beim Aufstand der Mitidscha unter den Hadschuten wurde

Maison-Charree

der feste Platz von 40 französischen Soldaten verteidigt, die schließlich von der Übermacht überrollt und an die hintere Wand gedrängt wurden. Der Führer der Aufständischen ließ ihnen über einen zum Islam abgefallenen Franzosen in seiner Truppe das Leben anbieten, wenn sie ebenfalls Muslime würden.

„Was meinst du, Feldwebel?" fragte der kommandierende Leutnant den Unteroffizier an seiner Seite.

„Immer zu Ihrem Befehl, doch nicht bei der Glaubensverleugnung", antwortete dieser tapfer.

„Das ist ein Wort", sagte schlicht der Kommandant. „Und ihr, Leute?"

„Wir sterben für Glauben und Kirche", riefen alle wie ein Mann. Der Leutnant hatte noch nicht an seine Eltern und die Liebste gedacht, da lagen schon alle in ihrem Blut. Dann schlug man auch ihm den Kopf ab.

Lavigerie fand sich keinen besseren Platz für die künftige Schule von Bekenntnis und Martyrium der Weißen Väter. Vorerst richtete er hier ein weiteres Waisenhaus ein, nachdem es zuvor schwere Kämpfe mit Gouverneur Mac-Mahon und dem Kaiser selbst gegeben hatte. Bis ins französische Mutterland hinüber warf die liberal-antiklerikale Presse dem Erzbischof aufs neue vor, die Not der algerischen Muslime für seine proselytischen Zwecke auszunützen.

Für die ersten drei Novizen der künftigen Missionsgesellschaft reichte aber vorläufig ein kleines Haus in den Hügeln des El-Biar im Süden von Algier. Und am 20. September 1868 konnte das Kirchenblatt der Erzdiözese „L'Echo de Notre-Dame" verkünden: „Im Einklang mit den Plänen des Heiligen Vaters bereitet der Erzbischof von Algier die Gründung eines speziellen Missions-Seminars vor. Nach dem Beispiel der China-Mission werden hier Glaubensboten in der besonderen Lebensweise der Araber und anderen afrikanischen Völker unterwiesen, um später von den südalgerischen Wüsten bis nach Senegal, von der Goldküste bis Ostafrika wirksame Glaubensboten zu werden."

Die ersten drei Aufrechten in der „Maison Rostan" erhielten bald Zuwachs aus der Heimat: aus Paris François Deguerry, den Neffen des bekannten Pfarrers an der Madeleine, und Felix Charmetant von der Erzdiözese Lyon. Die geistliche Leitung des ersten Seminarjahrganges im Biar übernahm der Jesuit François Vincent, wie sich die Gesellschaft Jesu auch später noch die größten Verdienste um den jungen Missionsorden Lavigeries erwerben sollte. Für den theologischen Unterricht gewann der Erzbischof den Sulpizianer P. M. Gillet, trotz seiner schwachen Gesundheit ein würdiger Vertreter jener Priesterkongregation, die sich seit 1642 der Pflege von geistlichen Berufen und der Seminarleitung gewidmet hat. Missionarische Anleitungen wurden von Lavigerie selbst erteilt.

Am 9. Jänner 1869 wurde als erster „Bruder" Charmetant zum Subdiakon geweiht. Erzbischof Lavigerie hielt persönlich die Festpredigt:

„Ihr seid hier, um später reiche Frucht zu bringen. Armut, Entbehrungen, Opfer, Gehorsam: das ist der harte Weg des

Noviziats, das tägliche Brot derer, die bald für den Heiland zu allem bereit sein wollen. Heute haben wir in unserer Mitte den ersten Diakon erhalten. Es wird der Tag kommen, an dem unserer Gemeinschaft nach dem Protodiakon auch der Protomartyrer geschenkt wird."

Gemeinsam mit P. Vincent machte, sich der Gründer der Weißen Väter an die Niederschrift ihrer ersten Regel. „Es ist das Ziel dieses Instituts, Gottes größerer Ehre zu dienen durch persönliche Heiligung seiner Mitglieder und apostolisches Wirken unter den Völkern Afrikas. Das Noviziat dauert, das Postulat eingerechnet, 15 Monate. Darauf werden einfache Versprechen des Gehorsams, der Armut und stabilitas loci, des beständigen Wohn- und Wirkensorts, abgelegt.

Die Weißen Väter leben nach einer gemeinsamen Regel unter der Leitung eines Superiors. Sie sind bereit, die Verkündigung an allen Orten Afrikas zu übernehmen, wohin sie ein Ortsbischof oder sonstiger Ordinarius ruft. Es ist Hauptaufgabe aller Bemühungen dieser Missionsgesellschaft, durch ein beispielhaftes Leben, tätige Nächstenliebe und Verkündigung jeden Ort zu verchristlichen, nach dem ihre Glaubensboten entsandt werden.

Dieses Programm lag auf derselben Linie wie das der anderen Missionsgemeinschaften ohne feierliche Gelübde, die in der zweiten Hälfte des 19. Jahrhunderts dem Kolonialismus und Imperialismus der europäischen Mächte ein kirchliches Gegengewicht zu setzen versuchten: Von der Afrikanischen Missionsgemeinschaft (SMA) des Jahres 1856, der St.-Josephs-Mission von Mill Hill (MHM), die 1866 zwei Jahre vor den Weißen Vätern entstanden war, den amerikanischen Paulisten von 1858 oder dem 1850 gegründeten Missions-Institut von Mailand.

Ihren besonderen Charakter erhielt die Gründung Lavigeries durch die Forderung nach möglichst weitgehender Anpassung an den Islam und die arabische Lebensweise bis in die kleinsten, doch für den Europäer schwierigen Alltagsdinge hinein, um so die Muslime für die Annahme der essentiellen Botschaft des Christentums bereiter zu machen. Seinen ersten Seminaristen schrieb der Erzbischof in die gemeinsame Regel:

„Postulanten und Novizen sollen sich keiner anderen Sprache wie des Arabischen bedienen. Sie haben in ihren Kleidern auf dem Boden zu schlafen. Ihre Nahrung soll sich nicht von jener der einheimischen Bevölkerung unterscheiden, deren karges Leben sie auch sonst zu teilen haben. In ihrer Freizeit pflegen sie die Wunden und Krankheiten der Araber, die zum Seminar kommen. Sie dürfen vor keiner noch so schrecklichen Krankheit zurückschrecken. Ich weiß, das ist eine harte Schule; nur in ihr kann sich aber der echte Missionsberuf bewähren, dessen natürliche und übernatürliche Krönung im Blutzeugnis besteht."

Lavigerie, der nüchterne und erfahrene Mann der Kirche, wußte genau, weshalb er seinen ersten Gefährten immer wieder das Martyrium vor Augen malte. Dahinter standen weder Fanatismus noch pathologische Martersucht, sondern das Wissen um ein besonderes Kreuz der Islam-Mission: Zum Unterschied von anderen Weltreligionen, in deren Bereich die Verfolgung christlicher Glaubensboten und ihrer Jünger die mehr oder weniger sporadische Folge politischer Verwicklungen, von Haßausbrüchen in der Bevölkerung oder tyrannischer Herrscherlaunen war, stellte das islamische Gesetz den Übertritt zu einem anderen Glauben und die „Verführung" dazu immer und überall unter Todesstrafe. Sodaß jede Verkündigung unter Muslimen als ziemlich sicheres Todeskommando eingeschätzt werden mußte.

Dieser Kern der späteren Regel der Weißen Väter, wie sie 1879 ihre abschließende Form erhielt und 1908 von Rom endgültig approbiert wurde, fand auf einem knappen Dutzend Seiten Platz. Der Erzbischof schloß mit der folgenden Ermahnung:

„Meine geliebten Söhne, ich lege diese Regel in eure Hände, damit sie von nun an zur Richtschnur eures Lebens werde. Ich vertraue sie eurer Ehrfurcht, eurer Liebe und eurem Eifer mit der Hoffnung an, daß ihr sie getreu beachtet und sie euch dazu anleite, dem armen Boden Afrikas Früchte des Heils, des Friedens und christlicher Kultur abzuringen."

Im Februar 1869 fand die Einkleidung der ersten Novizen nach dreimonatigem Postulat statt. Lavigerie überreichte ihnen ein arabisches Hemdkleid, einen Burnus aus weißer Wolle, wie er im Magreb üblich ist. Um den Hals einen Rosenkranz und das Beduinentuch als Kopfbedeckung. Neuerlich ermahnte der Erzbischof seine geistlichen Söhne:

„Der Stolz der Araber auf die ihnen vertrauten Traditionen hat sich als eines der Haupthindernisse für eine Verkündigung durch Glaubensboten erwiesen, die ihnen in allem fremd erscheinen müssen und es meist auch bleiben. Daher wollen wir von den Muslimen demütig alles annehmen, um ihnen nur den Einen, den Heiland, in ihrem Gewand bringen zu können."

Anschließend wurden die Novizen in Paaren auf apostolische Wanderschaft geschickt, wie sie auf Vorschlag des Jesuiten P. Vincent in der neuen Regel vorgesehen war: Zu Fuß, ohne Verpflegung und sonstige Mittel, sodaß sie um Unterkunft und Wegzehrung zu betteln hatten. Als Ziel setzte ihnen Lavigerie die spanische Wallfahrtskirche von Santa Cruz in Oran, 300 km weit im Westen. Von den arabischen Stämmen und den Berbern, bei denen sie nächtigten und rasteten, wurden die Wanderer wie Brüder aufgenommen. Bald verbreitete sich die Kunde von „christlichen Marabuts", von „Derwischen der Kirche", die ohne Hochmut und in schlichtem Muslimgewand von einem Zeltlager zum anderen, von Oase zu Oase zogen, über das ganze Land. In jedem Duar brachte man die Kranken zu den Gästen im weißen Burnus, die Medikamente verteilten oder sonst zu helfen versuchten. Es war ein vielversprechender Anfang für ein großes Wirken.

Am 10. Mai 1869 richtete der Erzbischof von Algier ein Rundschreiben an die französischen Priesterseminare, in dem er missionsbegeisterte Alumnen zum 3intritt in sein Institut aufrief. Darin machte er als einer der ersten auf das Vordringen des Islam in Schwarzafrika aufmerksam: „In den letz-

Algerische Frauen im Harem

ten Jahrzehnten hat der Islam in den Ländern südlich der Sahara 50 Millionen Gläubige hinzugewonnen, hauptsächlich auf dem Wege politischer Einflußnahme bei den verschiedenen Negervölkern. Das wird ihn sicher in einer vielleicht nicht zu fernen Zukunft wieder ermutigen, seine Vorstöße nach Europa aufs neue aufzunehmen. Seinem meist gewaltsamen oder mit wirtschaftlich-finanziellen Vorteilen winkenden Vordringen müssen wir die Frohbotschaft der Liebe entgegenhalten. Das ist nicht nur unser Verkündigungsauftrag, sondern dem Islam gegenüber ein Gebot christlicher Selbsterhaltung."

Die ersten Weißen Väter begannen ihr Missionswerk in den von Lavigerie angelegten Dörfern der algerischen Waisen. Sie übersetzten den lateinischen Katechismus Stück für Stück ins Arabische, unterrichteten die Jugend in Ben Aknun und Maison Carree. Hier etablierten sich die Missionare noch nicht in ihrem späteren Generalatshaus, sondern wie die frühchristlichen Eremiten in einem Tal hinter den alten Festungswerken. In Erinnerung an die ersten ägyptischen Mönchsväter nannten sie den Platz „Thebais".

Die Zurückgezogenheit und Absonderung der islamischen Frauen und Mädchen schloß sie von dem Wirken der Weißen Väter aus. Lavigerie erkannte die Notwendigkeit, seiner Missionsgesellschaft einen weiblichen Zweig an die Seite zu stellen. Bisher war ihm von den Filles de la Charité des Saint-Vincent de Paul, den Soeurs de la Doctrine Chretienne de Nancy und den Soeurs de la Charité de Saint-Charles de Nancy aus seiner alten Diözese ausgeholfen worden. Für die besonderen Aufgaben im islamischen Afrika brauchte es aber besondere Schulung und Vorbereitung. Im Sommer 1869 richtete der Erzbischof einen Appell an „katholische Frauen mit Glauben und Mut, dem Ruf zu dieser schwierigen Aufgabe zu folgen. Bei den Muslimen kann sich niemand einem weiblichen Wesen nähern, ohne selbst eine Frau zu sein. So wartet hier auf euch Frauen ein Auftrag, wie er euch in der Kirche kaum noch je anvertraut worden ist."

So schlug die Geburtsstunde der „Weißen Schwestern",

der „Missionsschwestern unserer Lieben Frau von Afrika". Die ersten von ihnen langten am Fest Mariä Geburt 1869 aus Frankreich in Algier ein. Sie übernahmen von den Karls-Schwestern eine mehr als bescheidene Unterkunft in Kubba, nackte Zellen, Hitze, Ungeziefer, Doch die Schwestern, meist robuste Bauerntöchter aus der Bretagne, ließen sich nicht abschrecken.

Noch im selben Jahr konnten die ersten Taufen und Erstkommunionen algerischer Jugendlicher gefeiert werden. Ihr Leben in abgeschlossenen Dorfgemeinschaften erwies sich jetzt erst recht wichtig und richtig. Zwar konnten sie unter der französischen Herrschaft nicht länger von der islamischen Gerichtsbarkeit als Glaubensverräter belangt und bestraft werden, doch hatten sie mit Feindseligkeit, wenn nicht gar blutiger Rache ihrer Umgebung zu rechnen. Lavigerie beschloß daher, für die Heranwachsenden neben den Burschen- und Mädchendörfern der Waisen eine dritte Art für verheiratete Paare einzurichten, die über das ganze Land verstreut zu Keimzellen eines wieder christlichen Nordafrika werden sollten. Im fruchtbaren Teil des Schelif, zwischen Miliana und Orleansville, entstand die erste Siedlung mündiger arabischer Christen: St-Cyprian des Attaf.

Auf dem Vatikanum

In dem weiten Salon des alten römischen Palais saßen die französischen Bischöfe fröstelnd am Kaminfeuer. Der Konzilswinter 1869/70 schien seinen ganzen Grimm an der Ewigen Stadt austoben zu wollen, die voll Streit und Zank über das neue Dogma von der Unfehlbarkeit des Heiligen Vaters war. Die erregten Diskussionen des Volkes auf dem Petersplatz und in den Straßen hatten mit der eisigen Tramontana aufgehört, die von den schneebedeckten Gipfeln der Apenninen herunterpfiff. Doch hinter verschlossenen

Türen und Fenstern behaupteten noch immer lautstark die italienischen Patrioten, daß Pius IX. mit diesem Glaubensartikel nur seine wankende Herrschaft über Rom verewigen wolle. Die Truppen des jungen Königreichs Italien und Freischaren Garibaldis standen schon tief in Lazium, und nur die Stadt mit ihrer Umgebung und der Straße zum Hafen Civittavecchia war durch französische Truppen geschützt, die Napoleon III. dem Papst zur Verfügung gestellt hatte.

Doch auch unter den versammelten Konzilsvätern hatte die Unfehlbarkeit viele Gegner. Im Kreis der französischen Bischöfe warb der berühmte Dupanloup von Orleans für Stimmenthaltung und ein vorzeitiges Verlassen des Vatikanischen Konzils. Jetzt war die Reihe an Lavigerie, der sich diesmal in Rom höchst deplaziert fühlte und nur nach Algerien zurücksehnte, wo es das Gottesreich auszubreiten galt, während hier um Liberalismus, Ultramontanismus, Papst und Bischöfe gerauft wurde. Widerwillig erhob er sich aus seinem Lehnstuhl, blickte in die Runde seiner uneinigen Amtskollegen und ermahnte:

„Für mich als Missionsbischof dürfte das Beispiel des heiligen Martin maßgeblich sein: Der hatte gelobt, an keinem Konzil mehr teilzunehmen, weil er bemerkt hatte, daß seine Wunderkraft dabei nachließ. Und so bin ich ganz seiner Meinung, was die Leidenschaft für theologische Diskussionen und Spitzfindigkeiten betrifft: Wir schwächen damit nur die missionarische Kraft und Glaubwürdigkeit der Kirche."

So versuchte der Erzbischof von Algier zunächst, sich aus der Spaltung des Konzils in päpstliche Mehrheit und unfehlbarkeitsfeindliche Minderheit herauszuhalten. Doch sobald das einfach nicht mehr durchzuführen war, stellte er sich hundertprozentig hinter die Getreuen des Heiligen Vaters. Für Lavigerie war das ganze keine Frage dogmatischer Feinheiten, sondern schlichter Gefolgschaft für den Oberhirten der Kirche, die er in Afrika auszubreiten suchte.

Pius IX. war diese zunächst ironische und dann so energische Haltung seines Schützlings von einst nicht entgangen. Und wie freute er sich über die Antwort seines französischen Vertrauten Louis Veuillot, den er nach Lavigerie gefragt hatte:

„Und der Erzbischof von Algier, welche Stellung nimmt er ein?"

„Wie ein Erzengel", erwiderte der prominente Konzilsjournalist.

In Zusammenhang mit der Generalkongregation über die Missionen und orientalischen Kirchen wurde der Stifter der Weißen Väter vom Papst in Privataudienz empfangen. Drei junge arabische Christen in weißen Burnussen begleiteten ihn. Sie hatten eben erst vor der Romreise die Taufe empfangen.

„Fürchtet ihr euch nicht vor Verfolgung, wenn ihr in eure Heimat zurückkehrt?" fragte sie der Papst.

„Heiliger Vater", antwortete der Älteste, „man kann uns den Kopf abhacken, das Himmelreich aber nicht mehr rauben."

Am nächsten Sonntag empfingen Abd el Kader, Ben Muhammad und Hamed Ben Aischa in der über der Spanischen Stiege auf dem Pincio thronenden Kirche von Trinita dei Monti ihre Erstkommunion aus der Hand von Kardinal Bonaparte, Erzbischof von Lyon. Wenige Tage später verschied plötzlich dieser zweithöchste Prälat der französischen Hierarchie. Und Lavigerie erfuhr bald auf Umwegen, daß die Pariser Regierung sofort beim Heiligen Stuhl wegen seiner Versetzung von Algier auf diesen Primatssitz von Südfrankreich eingekommen war.

Man wollte ihn also ehrenvoll, aber gründlich von seiner Missionsarbeit entfernen, die den politischen Stellen ein Dorn im Auge war.

Lavigerie schrieb nach Paris an die Zeitung „Moniteur universel", die ihn schon jetzt als neuen Erzbischof von Lyon vorgestellt hatte:

„Sehr geehrter Herr Schriftleiter,
mit Erstaunen habe ich in Ihrem Blatt von meiner bevorstehenden Versetzung auf den erzbischöflichen Stuhl von Lyon gelesen. Ich möchte ein allerletztes Mal wiederholen, daß

mich mein Gewissen und meine Ehre unauflöslich mit Algerien verbinden. Wie sollte ich die Waisen verlassen, die ich um mich gesammelt habe, wie die Werke aufgeben, die eben erste Früchte bringen, wie die Mitbrüder im Stich lassen, die meine Ermahnungen und mein Beispiel zu einem Opfer auf Lebenszeit bewogen haben? Meine einzige Absicht und feste Entschlossenheit ist es, in Algier zu leben, zu wirken und zu sterben."

Die Zeitung veröffentlichte die Zuschrift, die so auch den Verantwortlichen in Rom bekannt wurde, ohne daß der Erzbischof mit ihnen darüber schon gesprochen hätte. Kardinalstaatssekretär Giacomo Antonelli, der starke Mann im letzten Rest von Kirchenstaat mit dem Spitznamen „der rote Papst", ließ ihn bald zu sich bitten und erklärte Lavigerie den Ernst der Lage: Rom wollte ihn unbedingt in Algier und der Mission belassen. Doch forderten die Franzosen ebenso nachdrücklich seine Versetzung nach Lyon. Paris war dem Unfehlbarkeitsdogma wohlgesinnt. Ohne französische Hilfstruppen konnte die weltliche Herrschaft des Papstes, die Antonelli so sehr am Herzen lag, seit er vor der Revolution von 1848 mit Pius IX. nach Gaeta hatte fliehen müssen, nicht länger aufrechterhalten werden.

„Was soll aus dem Konzil werden, wenn die Italiener einrücken?" fragte der Staatssekretär Lavigerie in geradezu brüskem Ton, als dieser bei ihm zur entscheidenden Aussprache bestellt war.

„Und was wird aus der Mission in Nordafrika, wenn Rom in meine Versetzung einwilligt? Es geht doch nicht um meine Person, Eminenz. Die Arbeit unter den Arabern und Berbern kann jeder andere besser als ich machen. Geben Sie aber in der personellen Frage nach, so werden Mac-Mahon und seine Hintermänner in Paris Schritt um Schritt weitergehen: die Verkündigung unter den algerischen Muslimen und vor allem jede Taufe verbieten, die Waisendörfer auflösen, das Missionsseminar sperren und das Wirken der Kirche auf reine Europäerseelsorge unter Franzosen, Spaniern und Italienern einschränken. Sie sprechen von ihrer Sorge um den letzten Rest vom Kirchenstaat. Wie steht es mit ihrer Verantwortung für die Zukunft der Kirche in Afrika?"

Antonelli blieb ihm lange die Antwort schuldig. Der Kardinal war ans Bogenfenster getreten und blickte über die Ewige Stadt hinaus, das päpstliche Rom mit seinen Kuppeln, Glockentürmen, Seminaren und Theologischen Instituten, den Generalaten der Orden und Palazzi des kirchenstaatlichen Adels. Was würde aus dem allen werden, wenn der erklärt kirchenfeindliche Nationalstaat Italien die Hand darauf legte? Wie vertrug sich seine Sorge des Bewahrens aber mit der Verpflichtung für die Zukunft der Kirche in aller Welt? Antonelli, der Staatsmann, war zugleich ein frommer und tief kirchlich gesinnter Mann. Die Mission lag ihm besonders am Herzen. So wußte er keine Antwort auf die beiden widerstreitenden Fragen zu geben.

Ein hastiges Klopfen an der Tür riß Antonelli aus seinen Gedanken. Nuntiaturrat Battista, Leiter der französischen Abteilung im Staatssekretariat, kam kreidebleich hereingesprungen und drückte Antonelli eine Depesche in die Hand: „Vom Nuntius in Paris, eben eingetroffen und dechiffriert." Der Kardinal überflog den Inhalt der Mitteilung. Lavigerie war fest überzeugt, daß es sich um ein neuerliches Verlangen nach seiner Abberufung aus Algier handeln müsse. Doch weshalb wankte der Staatssekretär auf einmal, griff an die Stirn und ließ sich in den Lehnsessel fallen.

Als sich Antonelli wieder gefangen hatte, fiel sein auf einmal freundlicher und wohlwollender Blick auf den Erzbischof: „Haben Sie aber einen starken Segen vom Himmel. Wissen Sie, was ich eben streng geheim aus Frankreich erfahre? Man rüstet dort zum Krieg gegen Preußen, wird daher die Schutztruppe hier in Rom reduzieren, bis zum Sommer wahrscheinlich ganz abberufen. Und so kann Napoleon den Heiligen Stuhl auch nicht länger zu Ihrer Abberufung nötigen."

Der Kardinalstaatssekretär seufzte tief: „Für mich ist das das Ende. Für den Stuhl des heiligen Petrus hoffentlich nicht mehr als eine Prüfung, die am Felsen der Kirche vorübergehen wird. Für Sie aber das Tor zur Zukunft. — Wenn ich

Ihnen aber einen guten Rat geben darf: Bleiben Sie nicht länger in Rom. Vom Konzil kann Sie der Heilige Vater entschuldigen. Ihre positive Einstellung zum Unfehlbarkeitsdogma ist ohnedies bestens bekannt. Gehen Sie aber schnell nach Algier zurück, bevor die Franzosen einseitige Schritte unternehmen, Ihnen zum Beispiel die Rückkehr vereiteln. Pio Nono wird Ihre Abreise sicher verstehen."

Krieg, Aufruhr und neue Blüte

Der Ausbruch des deutsch-französischen Krieges am 19. Juli 1870 befreite Erzbischof Lavigerie von einem seiner hartnäckigsten Widersacher: Marschall Mac-Mahon wurde an die Front gerufen. Sein Nachfolger General Durrieu blieb nach der Gefangennahme von Napoleon III. in Sedan und Ausrufung der Republik nur bis zum Oktober im Amt. Dann begannen die bürgerkriegsähnlichen Wirren, die im Mutterland zwischen den Anhängern der „Kommune" von Paris und der bürgerlichen Regierung in Tours herrschten, auch auf Algerien überzugreifen.

Als der neue republikanische Generalgouverneur Walsin-Estherhazy in Algier landete, brach in der Stadt der Aufruhr aus. Die Revolutionäre stürmten das Regierungspalais, rissen dem alten General seine Orden herunter, schleiften ihn johlend durch die Gassen zum Hafen hinunter und schickten ihn auf dem ersten besten Schiff nach Frankreich zurück. Ähnlich erging es dem Gerichtspräsidenten und den Chefs von Gendarmerie und Polizei. „Autonomie" war das Schlagwort, unter dem sich die Algerienfranzosen für ihre möglichst weitgehende Selbstverwaltung und Unabhängigkeit von der französischen Zentralregierung zusammentaten.

Als Gegenzug verlieh der neue französische Justizminister Isaac Cremieux den algerischen Juden „en bloc" am 24. Oktober 1870 alle bürgerlichen und politischen Rechte, die

Ruinen von Hippo, der Bischofsstadt des heiligen Augustin

ihnen bisher als „Eingeborenen" vorenthalten geblieben waren. Antisemitismus war die Folge unter den Algerienfranzosen, geschürt von ihrer Kampfzeitung „Le petit Algerien". Ein einziger blieb in diesem Hin und Her und Auf und Ab fest und stark auf seinem Posten: Erzbischof Charles Lavigerie. Während der Pöbel sein Palais stürmte, um die „Millionen des Erzpfaffen" zu finden, dachte er nur an die Rettung der Schwestern und Waisenkinder. Schließlich wurde die Situation in der Stadt aber so unhaltbar, daß er selbst seine Zuflucht hinaus nach Maison Carree nehmen mußte.

Hier erreichte ihn die Hiobsbotschaft von der Besetzung Roms durch die italienische Armee. Lavigerie mußte an Antonelli denken und fragte sich, ob er nicht doch hätte nach Lyon gehen sollen, solange damit der Freiheit des Zentrums der Weltkirche noch ein Dienst getan war. Jetzt blieb er weiter Erzbischof von Algier, doch unter Verhältnissen, die jeden Gedanken an Mission ausschlossen. Im Gegenteil fügte das erbärmliche Verhalten der „Colons" dem Ansehen Frankreichs, und damit in den Augen der algerischen Muslime auch der Kirche, einen Schaden zu, der nicht so bald wieder gutgemacht werden konnte. Die Diözese Constantine war von ihrem Bischof de Las-Cases, einem engen Freund Napoleon III., gleich nach dem Sturz des Kaisers im Stich gelassen worden, sodaß sich Lavigerie auch ihrer anzunehmen hatte. Zugleich bedeutete das aber die Übernahme der Schulden ihres alten Ordinarius, keine Kleinigkeit in einer Zeit von Krieg und Unruhen. Was dem Erzbischof bei seiner jetzt doppelten Last Kraft und Mut gab, war der Gedanke, daß er so Nachfolger des heiligen Augustin sein durfte, dessen alte Bischofsstadt Hippo im Sprengel von Constantine lag.

Kaum hatte sich mit den Wahlen von 1871, bei denen Cremieux als Deputierter von Algier gewählt wurde, die Unrast unter den Algerienfranzosen gelegt, als im April der schreckliche Kabylenaufstand ausbrach. Ausgelöst von der Kunde der Niederlage Frankreichs gegen die Deutschen und ermutigt durch die inneren Zerwürfnisse der Franzosen Algeriens. An der Spitze der Empörung stand Mokrani, der Basch-Agha von Medschana, dem wildzerklüfteten Bergland im Südwesten von Algier zwischen Aumale und Setif. Lavigerie konnte das nicht fassen, denn Mokrani war ein ausgesprochener Freund der Mission, seit die Weißen Schwestern seine Lieblingstochter vom sicheren Tod gesundgepflegt hatten.

Vizeadmiral de Gueydon, der eben mit seinem Geschwader aus der Ostsee zurückgekehrt war, wurde von Präsident Thiers nach Algerien gesandt. Er landete in Algier und räumte zunächst einmal mit den verschiedenen „Revolutionskomitees" der Stadt auf, bevor er seine Marineinfanteristen gegen die Kabylen in Marsch setzte. Gleich am ersten Abend fand er sich bei Erzbischof Lavigerie ein.

„Da haben wir jetzt die Früchte unserer völlig falschen Religionspolitik", platzte er zur freudigen Überraschung des Oberhirten gleich nach der Begrüßung heraus. „Die kaiserlichen Kolonialstrategen haben geglaubt, die Algerier in Unwissenheit und politischer Lethargie zu belassen, wenn sie nur möglichst fest in ihrem islamischen Rahmen gehalten werden. Das Gegenteil ist der Fall: Sie sind uns so in der Mehrheit fremd und feindlich geblieben."

Comte de Gueydon streckte dem Erzbischof impulsiv seine Rechte entgegen: „Hier, Excellence, ist meine Hand: So wahr ich mit Gottes Hilfe hier Ruhe und Ordnung wiederhergestellt habe, sollen Sie völlig freie Hand für Glaubensverkündigung und kirchliche Kulturarbeit unter Arabern, Berbern und vor allem diesen Kabylen erhalten."

„Es nimmt sich wirklich wie eine Strafe Gottes für unsere eigenen Kirchenfeinde aus", antwortete Lavigerie, nachdem er dem Admiral ergriffen die Hand gedrückt hatte. „Ausgerechnet die Kabylen haben sich erhoben, welche die echtesten Nachkommen der alten christlichen Nordafrikaner sind. Denn was hat unser allerchristlichstes Frankreich seit der Eroberung für sie getan: Ihnen Moscheen gebaut und islamische Medressen errichtet, sie zur Pilgerfahrt nach Mekka geschickt, wo sie erst recht mit panislamischem Fanatismus indoktriniert wurden. Die Mission hingegen blieb verboten und bestenfalls geduldet."

De Gueydon sah den Erzbischof scharf an. Ein Lächeln der Selbstironie trat auf seine schmalen Lippen: „Und doch gibt es in Paris Leute, die genau das Gegenteil behaupten, vom vaterlandsfeindlich-internationalistischen Einfluß der Algerienmission sprechen. Von einer Aufwertung der maurischen Bräuche und damit auch des Selbstbewußtseins der Einheimischen durch die Weißen Väter, von Zukunftsvisionen eines christlichen, aber politisch und kulturell von Europa eigenständigen Nordafrika."

Der Admiral machte eine Pause. Dann legte er den Kern seiner Einwände auf den Tisch: „Der Insurgentenchef Mokrani, der die Colons von Fort Napoleon, Tizi-Ouzou, Dra el-Misou, Dellys und Bougie massakrieren und den Pfarrer von Palestro in seiner Kirche verbrennen ließ, soll zu Ihnen früher die besten Beziehungen unterhalten haben. Was entgegnen wir also auf den Einwand, daß der Kabylenaufstand eine Frucht Ihrer Missionsarbeit mit völliger Anpassung an alle orientalischen Äußerlichkeiten und damit christlichem Verzicht auf Frankreichs angeblich zivilisatorische Kolonisationsziele sei?"

Comte de Gueydon hielt nochmals inne. Er wollte seinem Gegenüber Zeit zu einer wohlüberlegten Entgegnung lassen: „Verstehen Sie mich recht: Ich stehe voll und ganz auf Ihrer Seite. Ich halte die Behauptung von der Schuld der Mission für genauso unsinnig wie die Anklage, daß die Naturalisierung der Juden die Berber empört habe, daß sie zu den Waffen griffen. Das Verhalten Mokranis ist mir aber selbst ein Rätsel. Wissen Sie mehr? Was können Sie mir sagen?"

Lavigerie schien seinen Entschluß gefaßt zu haben. Er hob den Blick zu dem Admiral und sprach fast unhörbar: „Sagen? Da gibt es nichts mehr zu sagen, sondern zu handeln. Wenn Mokrani, wie ich noch immer überzeugt bin, der Mission jemals von Herzen nahegestanden ist, muß das jetzt auf sein Handeln Einfluß nehmen. Geben Sie mir eine Woche Zeit."

Noch in dieser Nacht erhielt P. Charmetant im Waisendorf von Ben-Aknun den handschriftlichen Auftrag des Erzbischofs, den Kabylenführer in seinem Feldlager aufzusuchen und zur Einstellung der Feindseligkeiten zu bewegen.

Im Morgengrauen schwang sich der Pater in seinem weißen Burnus aufs Pferd und hielt über die Küstenberge auf das Tal des Sebauwi zu, an dessen Knie die Zelte der Kabylen zuletzt gesichtet worden waren. Flüchtlingsscharen kamen ihm entgegen, die ihm Flüche und Verwünschungen zuschleuderten, weil sie den Weißen Vater in seiner Tracht für einen Algerier hielten. Hinter dem verwüsteten Bordsch Menaiel keine Menschenseele mehr, nur Brandstätten, Kadaver, Aasgeier und Hyänen.

P. Charmetant erinnerte sich an den Wintertag, als Mokrani seine kleine Tochter zu den Schwestern von Ben-Aknun gebracht, ein von schrecklichen Geschwüren bedecktes Bündel aus Elend und Schmerz. Er hatte sich als Nachkomme eines der Barone von König Ludwig dem Heiligen vorgestellt, die bei dessen Kreuzzug nach Tunis als Gefangene zurückgeblieben waren. Er blieb die ganze Zeit in dem kleinen Spital am Bett seiner Tochter und zeigte besondere Vorliebe für Glaubensgespräche mit den Weißen Vätern und Schwestern. Als das Kind endlich geheilt war, schwor der Kabylenfürst P. Charmetant ewige Bruderschaft: „Abuna, wenn Sie meine Hilfe einmal brauchen sollten, dann kommen Sie einfach zu mir. Was immer auch Ihre Bitte sein wird; ich werde Sie nicht abschlagen." An dieses Versprechen wollte er jetzt den aufrührerischen Mokrani erinnern.

Anstandslos passierte er die ersten kabylischen Vorposten. Ihre alte Zuneigung für die Weißen Väter schien mit dem Aufstand nicht abgenommen zu haben. Erst am Sebauwi wurde P. Charmetant angehalten: Am anderen Ufer ragte das Kriegszelt Mokranis in die Höhe. Sein Name wurde hinübergerufen, und nach wenigen Minuten schon durfte er über den Fluß setzen.

Der Basch-Agha kam dem Weißen Vater persönlich entgegen. Dieser traute seinen Augen nicht: Auf der Brust des Empörers prangte das Kreuz der Ehrenlegion, das ihm Napoleon III. in Compiègne verliehen hatte.

Mokrani umarmte seinen priesterlichen Freund von einst und zog ihn zu sich ins Zelt. Nach dem Begrüßungskaffee und den üblichen Höflichkeiten kam der Kabyle von selbst auf die heikle Mission des Paters zu sprechen: „Und wie ist der große Marabut von Algier mit meinem Rachefeldzug zufrieden? Ich möchte ihn bitten, unserem Kaiser davon zu berichten. Bin ich eigentlich sein einziger Freund, der ihm die Treue hält?"

P. Charmetant glaubte nicht recht gehört zu haben. Erst nach langem Gespräch ging ihm auf, daß der Basch-Agha das neue republikanische Regime der Franzosen hier in Algerien nicht zuletzt deshalb bekämpfte, weil sie „meinen Herrn und Freund, den Kaiser" abgesetzt hatten.

Es dauerte die halbe Nacht, bis Mokrani begriffen hatte, daß seine christlichen Freunde den Kabylenaufstand ganz und gar nicht billigten. Schließlich erinnerte ihn der Weiße Vater an sein Versprechen.

„Mein Wort bleibt mein Wort", antwortete der Fürst ernst. „Verlangen Sie mein Leben, Abuna, und ich werde es Ihnen zu Füßen legen."

„Ich bitte nicht um Ihr Leben, Basch-Agha, sondern um das Ihrer Krieger und der französischen Soldaten, um die Sicherheit von Frauen und Kindern. Ich bitte Sie um den Frieden."

Mokrani zauderte keine Sekunde: „Der Preis für den Frieden ist mein Leben. Als Fürst kann ich nicht mehr zurück. Bin ich aber nicht mehr, so kommt der Krieg von selbst zu Ende. Ich empfehle meine schutzlosen Kinder der Obhut der Weißen Väter."

So sehr der Pater auch weiter in ihn zu dringen suchte, der Kabyle ließ sich kein weiteres Wort abringen. Er begleitete Charmetant ein Stück Weg zurück, umarmte ihn und winkte ihm lange nach. Der Weiße Vater sah die edle Gestalt in dem goldbesetzten Burnus kleiner und kleiner werden.

Am Abend erstattete er in Maison Carree seinem Erzbischof in Anwesenheit von Admiral de Gueydon Bericht über seine Mission.

Beide schüttelten ungläubig die Köpfe. Schließlich brach der Comte das Schweigen: „Wir können nur hoffen, daß es der Basch-Agha aufrichtig gemeint hat, so sehr ich auch seinen Tod bedauern würde. Zur Stunde jedenfalls melden mir meine Kundschafter den Aufmarsch einer kabylischen Übermacht vor Aumale. General Ceret hat dort nicht einmal ein Regiment zu seiner Verfügung. Noch dazu Zuaven, algerische Hilfstruppen, die gerade jetzt nicht die Zuverlässigsten sind."

Am folgenden Morgen erlebten die Verteidiger der Bergfestung Aumale ein seltsames Schauspiel. Sobald sie im ersten Dämmerlicht die dunkle Masse ihrer Gegner erkennen konnten, löste sich ein einzelner Reiter aus der kabylischen Formation. In weißem Gewand kam er immer näher, bis der auf dem äußersten Vorwerk kommandierende Hauptmann an irgendeine Hinterlist und Teufelei zu glauben begann.

„Schieß ihn aus dem Sattel, Achmad", rief er seinem Leibzuaven zu.

„Wollen wir nicht noch ein wenig warten, mon Capitaine. Ich glaube fast, daß dieser Reiter Mokrani höchstpersönlich ist. Vielleicht will er mit uns verhandeln?"

„Dann würde er einen Parlamentär mit weißer Fahne schicken. Und sollte es tatsächlich dieser Verräter sein, der sich so lange für den verläßlichsten Freund Frankreichs ausgegeben hatte, um ihm jetzt in seiner Stunde der Not hinterhältig in den Rücken zu fallen, dann ist er der erste, der eine Kugel verdient. Feuer, Achmad."

Zwei Schüsse krachten aus der doppelläufigen Büchse des Zuaven. Der Reiter wurde wie von einer unsichtbaren Wand aufgehalten, knickte wie durch einen heftigen Schlag zusammen und stürzte von seinem prächtig aufgeschirrten Hengst. Vom Heerbann der Kabylen scholl lautes Wehgeheul herüber. Dann ergriffen sie die Flucht in die Berge. Der Aufstand war zu Ende.

Erzbischof Lavigerie begann endlich die Früchte seiner Geduld und Leiden zu ernten. Der Admiral widersetzte sich als neuer Generalgouverneur nicht länger der Taufe von größeren Scharen seiner Waisenzöglinge, von denen die meisten inzwischen herangewachsen waren. Wer von ihnen nicht in die Christendörfer, die „Attafs" zog, begann Theologie oder Medizin zu studieren. Lavigerie begünstigte nach der Heranbildung einheimischer Glaubensboten gerade die Ausbildung von Arabern und Berbern zu Missionsärzten, die auch dort wirken und den Boden vorbereiten konnten, wo die eigentliche Verkündigung noch keinen Zugang fand.

Pionier für diesen ersten Vorstoß nach dem Süden wurde derselbe mutige und unermüdliche P. Charmetant. Im Spätherbst 1872 brach er von Laghuat, dem südlichsten Stützpunkt der französischen Kolonialtruppen jenseits vom Hohen Atlas im Wadi Dschedi, nach dem sogenannten Mzab, dem Land der Duenen, auf. Er erkundete über Ghardaia, Metlili und Wargla die Route, die später die Missionskarawanen der Weißen Väter nach Timbuktu und dem Niger einschlagen sollten.

Blutzeugnis in der Sahara

Ende 1874 war die Zahl der Weißen Väter auf über 100 angewachsen. Ihre Regel, „die Araber und Afrikaner in allem so zu behandeln, wie es unser Heiland Jesus Christus getan haben würde", öffnete ihnen überall die Herzen der Einheimischen, zog ihnen aber auch da und dort die gehässige Feindschaft des um seinen schwindenden Einfluß besorgten islamischen Klerus zu. Der Tag der Weißen Väter begann in der Früh um fünf, als auch die Muslime ihr Morgengebet, das Fadschr, sprachen, und endete mit ihrem Abendgebet um neun Uhr abends. Dazwischen Gebet, Arbeit, Studium und ein wenig Erholung. Unterkunft, Kleidung, Nahrung so ärmlich wie die der genügsamen Wüstenstämme. In der kargen Zelle ein Lager auf dem Fußboden, der Art der Muslime zuliebe und

Chalwatia-Derwische

auch als Hilfe im Kampf um die Reinheit. Jeden Monat ein Einkehrtag nach Art der Derwische aus dem Chalwatia-Orden.

Am 12. Oktober 1874 wurde im großen Saal von Notre-Dame d'Afrique das erste Generalkapitel der Weißen Väter eröffnet. Erster Generaloberer wurde der für die Attafs verantwortliche P. Deguerry. Seine erste Amtshandlung war die Verlesung eines Briefes aus der Tiefe der Sahara, in dem um die Entsendung von Missionaren gebeten wurde. Kurz zuvor war der Erzbischof von Algier auch zum Apostolischen Delegaten für die Sahara und den Sudan bestellt worden. Und der neue Generalobere Deguerry hatte eben erst im Anschluß an die erste Erkundungsmission von P. Charmetant die südalgerischen Gebiete um Laghuat, Metlili, El-Golea, Geryville und Biskra durchstreift. Jetzt ging es aber um den entscheidenden Vorstoß durch die eigentliche Sahara bis nach dem geheimnisumwitterten Timbuktu, dem jeden Christen verwehrten Mekka von Schwarzafrika.

Drei Weiße Väter wurden für diesen Auftrag ausgewählt: P. Paulmier aus Paris, P. Menoret von Nantes und P. Bouchand aus der Diözese Lyon. Ihr Oberer begleitete sie bis zur Oase von Metlili. Noch lange hörte sie P. Deguerry das Te Deum singen, als sie auf ihren Kamelen in die Wüstenei der Gantra hineintrabten. Er sollte sie nie wiedersehen . . .

Lavigerie hatte seinen ersten Glaubensboten zu den Wüsten- und Sudanvölkern eine doppelte Aufgabe gestellt: südlich der Sahara einen festen Stützpunkt für die Mission zu gründen und möglichst viele Negersklaven freizukaufen. Timbuktu war das westafrikanische Zentrum dieses erbärmlichen Menschenhandels, der von vorwiegend arabischen Sklavenjägern von Guinea bis hinüber nach Ostafrika mit größter Brutalität, doch im Zeichen des Islam betrieben wurde. Zwar wurde der Sklavenweg nach Algier und zum Teil auch schon nach Tunis jetzt durch die Franzosen unterbunden, doch noch immer zogen die Sklavenkarawanen unter den schweren Peitschenhieben ihrer Aufseher von Timbuktu nach Marokko, Tripolitanien und Ägypten.

Die befreiten Sklaven sollten zu Missionaren ihrer Völker herangebildet werden. Lavigerie war sich von Anfang an darüber klar, daß die Europäer in der Islam- wie Afrikamission nur Wegbereiter sein konnten und ihr Werk rechtzeitig in einheimische, bodenständige Hände legen mußten, wenn ihre Verkündigung wirklich Wurzeln schlagen sollte. Und in diesem Zusammenhang setzte Lavigerie so große Hoffnungen in seine erste Karawane durch die Sahara.

Doch die Monate vergingen, ohne daß ein Lebenszeichen von den drei Weißen Vätern gekommen wäre. Am 5. April 1876 traf endlich die enorm verspätete Nachricht ein, daß die Missionare Ain Salah im Tidikelt wohlbehalten erreicht und von dort Richtung Tanesruft in den Landen der Tuareg weitergezogen waren. Doch schon am 13. April traf im erzbischöflichen Palais ein Telegramm des Gouverneurs von Laghuat ein, der sich auf Berichte einer aus dem Süden eingetroffenen Handelskarawane berief, daß Paulmier, Bouchaud und Menoret von den Tuareg getötet worden seien.

Lavigerie versuchte weiter gegen alle Wahrscheinlichkeit zu hoffen. Er schickte den Generaloberen Deguerry nach dem Süden, um dort nähere Erkundigungen einzuholen. Am 4. Mai war der Pater zurück in Algier, konnte die Todesnachricht aber nur bestätigen: Straußenjäger aus der Gegend südwestlich von Ain Salah hatten die Leichen der Weißen Väter an die 30 Tagreisen vom Niger entfernt am Südrand der Sahara abseits von der Karawanenstraße zwischen Mabruk und Timbuktu entdeckt. Wie sich später herausstellte, waren schwarze Tuareg, die sogenannten Azgar, für ihr Martyrium verantwortlich. Daß die Patres für ihren Glauben und nicht als Opfer eines Raubüberfalles gestorben waren, zeigte ihre Todesart: Die Tuareg, mit denen sie zunächst im besten Einvernehmen zu stehen schienen, hatten sie kniend enthauptet. Diese Hinrichtungsart aber sieht das islamische Recht für Christen vor, die Muslime von ihrem Glauben abspenstig zu machen versuchen. Die drei Missionare waren also eindeutig als Martyrer für einen Verkündigungsversuch unter den Azgar niedergemacht worden. Ihr Führer vom

Stamm der südalgerischen Schambaa el-Muadhi hingegen, der sie offenbar zu verteidigen suchte, erlag seinen zahlreichen Wunden von Säbelhieben und Lanzenstichen, Zeichen eines tapferen, doch verzweifelten Kampfes.

Die Weißen Väter hatten ihre ersten Blutzeugen hervorgebracht. 1879 brach P. Richard von Wargla auf, um ihre sterblichen Überreste zu bergen. Eine starke Schutztruppe der missionsfreundlichen Schambaa von Laghuat begleitete ihn, um ein ähnliches Schicksal zu verhüten. Im Sand von el-Meksa stießen sie auf verbrannte Breviere und Meßbücher, einen zerschmetterten Altarstein, ausgeraubte Kisten, verstreute Gebeine und zwei Totenschädel. Ehrfürchtig brachte der Pater diese Reliquien heim nach Maison Carree.

Für Lavigerie war das keine Entmutigung, sondern Ansporn für neue Vorstöße ins unbekannt-unerforschte Innere des Schwarzen Kontinents. Mit seinem Weitblick konnte er nicht übersehen, daß sich die Anstrengungen der Kirche bisher in der Hauptsache auf eine Küstenmission beschränkt hatten: die Franziskaner und Kapuziner in Tunesien, Tripolitanien, Ägypten und bei den ostafrikanischen Gallas; die Lazaristen in Eritrea und dem nördlichen Äthiopien; die Kongregation vom Heiligen Geist und die Missionare von Scheut in Zanzibar, am Kongo, in Gambia und Senegal; die Afrikanische Missionsgesellschaft von Lyon an der Guineaküste, am Kap und in Dahomey; die Combonianer im ägyptischen Sudan; die Jesuiten auf Madagaskar und am Sambesi; die Missionsoblaten von der Unbefleckten Empfängnis in Natal; der irische und englische Weltklerus in den südafrikanischen Kolonien; die Portugiesen in Angola; die Spanier in Marokko; und die Weißen Väter in Algerien. Im Inneren Afrikas war es aber allein der Islam, der mit Moscheepredigern, Handelskarawanen und paradoxerweise selbst durch die Sklavenjäger geradezu unaufhaltsam ausgebreitet wurde. Seine neueste Stoßrichtung ging in Ostafrika an den Großen Seen bis ins Nyassa-Land hinunter.

Der Erzbischof von Algier will seine Weißen Väter aber nicht noch einmal ins Blaue hineinschicken. Im selben Jahr

1876 setzt er sich mit dem belgischen König Leopold und dessen „Internationaler Gesellschaft für die Erforschung Afrikas" in Verbindung. Und als Frucht dieser Zusammenarbeit richtet er am 2. Jänner 1878 an den Präfekten der Missionskongregation in Rom, Kardinal Franchi, einen vertraulichen Verkündigungsplan für das Innere Afrikas: „Geheimes Memoire an Kardinal Franchi über die Internationale Gesellschaft für die Erforschung Afrikas und zur Evangelisation in Äquatorial-Afrika." Lavigerie weist darauf hin, daß im Herzen des Schwarzen Kontinents ein Raum von der Größe Europas bisher von allen Missionsbemühungen ausgespart geblieben ist, in dem 100 Millionen Menschen in der Nacht des Heidentums oder zunehmend unter den grünen Bannern des Propheten Muhammad leben. Größte Eile tut not, wenn dieser Raum und diese Seelen noch für die Kirche gewonnen werden sollen.

Der todkranke Papst Pius IX. ließ sich das Dokument zu persönlichem Studium an sein Lager bringen. Im Konsistorium vom 4. Februar 1878, auf dem er selbst nicht mehr den Vorsitz führen konnte, wurde den Weißen Vätern als neues Missionsgebiet neben Algerien, der Sahara und dem westlichen Sudan das innere Ostafrika um die großen Seen Victoria, Albert und Tanganjika anvertraut. Zwei Tage später entschlief der große Papst, dessen Pontifikat den Übergang vom weltlichen Kirchenstaat in der Enge Mittelitaliens zum weltweiten Gottesreich in den Missionen mit sich gebracht hatte.

Sein Nachfolger Leo XIII. bestellte Lavigerie auch prompt zum Apostolischen Legaten für Äquatorialafrika mit den Weißen Vätern Livinhac und Pascal als seinen bevollmächtigten Subdelegaten. Gleichzeitig wurden von Rom die Apostolischen Vikariate Nyanza, Tanganjika und Kabebe für das Muata-Jamwo-Reich im Norden des Kongo errichtet. Als eine Art Vorauskommando brachen zehn Weiße Väter über Marseille und Aden nach Zanzibar auf. Die Saharaschranke, die ihre Mitbrüder das Leben gekostet hatte, war auf dem Seeweg umgangen.

Karawanen zu den Großen Seen

Wieder war P. Charmetant der Pionier und Pfadfinder Lavigeries. Schon am 30. April 1878 landete er in Zanzibar, der Perle des Indischen Ozeans, um alles für die Ankunft seiner Mitbrüder vorzubereiten, die nach einem Monat nachfolgten. Und Mitte Juni setzten die Missionare aufs Festland nach Bagamojo über, einem dem Sultan von Zanzibar tributären Ausgangspunkt der Karawanen nach Innerafrika. Am Dreifaltigkeitssonntag, den die Weißen Väter in aller Früh mit einem Festgottesdienst begannen, erfolgte der Aufbruch in drei Kolonnen.

Als die Patres frohgemut durch das hohe Steppengras mit seinen bunten Sommerblumen den Kingani-Fluß hinaufzogen und sich an den plumpen Spielen der Nilpferde erheiterten, konnten sie nicht ahnen, daß ihr Marsch nach Uganda ein Jahr dauern würde.

Über dem neuen Missionsauftrag in Ostafrika verlor Lavigerie seine alten und ältesten Anliegen nicht aus dem Gesicht. Im selben Jahr 1878 etablierte er die ersten Weißen Väter in Jerusalem am Kolleg von St. Anna. Er hatte nicht vergessen, was er im Nahen Osten vor 18 Jahren an Bedrängnis der orientalischen Christen erleben mußte. Ihnen sollte sein Orden nun beistehen und zugleich unter den Muslimen des arabischen Ostens, bei Türken und Persern Fuß fassen.

Inzwischen unternahmen die Patres Richard und Kermabon einen neuen Vorstoß durch die Sahara in Richtung Kano westlich vom Tschadsee. Auf Lavigeries Anraten wählten sie nicht die Route durch das Niemandsland der westlichen Sahara, sondern schlugen die Karawanenstraße durch die türkische Regentschaft von Tripolis ein. Speziell P. Louis Richard, der in allem ein richtiger Araber, treffsicherer Schütze, hervorragender Reiter und weitbekannter Arzt war, garantierte alle Erfolgsaussichten. Von Tripolis zogen die beiden unerschrockenen Missionare mit einer Karawane finsterer Araber nach der Oase Ghadames. Sie getrauten sich in der Nacht nicht zu schlafen, weil sie sich ihres Lebens einfach nicht sicher wußten.

In Ghadames bauten sich die Missionare eine Hütte an einem der vielen Brunnen, an denen die Wüstenstämme der Umgebung ihre Kamele und Pferde tränkten. Bald wurden sie Freunde, P. Richard heilte ihre kleinen und großen Leiden und zog Erkundigungen über den weiteren Weg nach Ghat ein, dem südwestlichsten Stützpunkt der türkischen Paschas von Fessan. Von dort führte ein direkter und vielbenützter Wüstenweg nach den Haussa-Staaten von Bornu und Sokoto.

Am 28. Mai brachen die beiden Glaubensboten mit zwei Tuareg-Führern, einem Schambai, fünf Kamelen und einem Windhund für die Gazellenjagd von Ghadames auf. Ohne Schwierigkeiten durchquerten sie die Hamada al-Homra, die Rote Steinwüste, und schlugen am islamischen Heiligengrab von Saret das erste Lager auf. Die Überwindung der Dünenregion von Edejen brachte in den nächsten Tagen fast übermenschliche Strapazen, aber keine Begegnung mit feindlichen Stämmen. Und als sie am östlichen Rande der Hoggar-Berge ins Wadi Amaghidet hinunterritten, war Ghat nicht mehr als zwei Tagreisen entfernt.

„Der Affenmarkt ist dort wirklich sehenswert", versuchte der eine Tuareg den abgekämpften P. Kermabon aufzuheitern. „Die possierlichen Tierchen werden bis an den Hof des Sultans in Stambul weiterverkauft."

„Halt", rief da auf einmal der Schambai, der an der Spitze geritten war. Im Nu gingen die Kamele in die Knie, und alle warfen sich flach in den Sand. Zu ihren Füßen erhoben sich in dem Wadi die Zelte eines befestigten Lagers.

„Azgar-Tuareg auf einem Raubzug", flüsterten die Führer den Missionaren zu.

Die Mörder unserer Mitbrüder, fuhr es P. Richard durch den Kopf. Er fühlte mit der Hand nach der Brusttasche mit den schriftlichen Instruktionen des Erzbischofs. Lavigerie hatte ihm ausdrücklich geboten, jede Begegnung mit den „schwarzen Tuareg" zu meiden, notfalls die Expedition abzubrechen und unverzüglich nach Algier zurückzukehren.

„Können wir das Lager umgehen?" fragte er den Schambai.

„Nein, Abuna. Diese Hundesöhne haben sich genau so postiert, daß jede Karawane zwischen hier und Ghat in ihre Hände fallen muß. Unsere einzige Rettung ist: in Eilmärschen zurück nach Ghadames, noch ehe sie uns entdeckt haben."

P. Richard blickte noch einmal sehnsüchtig zum Dschebel Idinen hinüber, hinter dem Ghat und die Bornu-Straße zum Greifen nahe lagen. Dann gab er das Zeichen zur Umkehr.

Gleichzeitig mit den beiden gescheiterten Saharadurchquerern trafen Ende Oktober in Maison Carree die ersten, aber dafür umso besseren Nachrichten von der ostafrikanischen Missionskarawane ein. Sie hatte durch das Tal des Rufu und nach Überschreitung des Rufutu-Gebirges hinter Kisaki das Hochland von Usagara erreicht. Hier trennten sich die Wege nach dem künftigen Apostolischen Vikariat von Tanganjika am gleichnamigen See und dem Vikariat Nyanza in Uganda. Der Brief der Weißen Väter erzählte von der Herz-Jesu-Fahne, die dem Zug der 450 schwarzen Träger froh vorauswehte, aber auch von Fieber, Sümpfen, undurchdringlichem Buschwerk, Ungehorsam und Faulheit der Träger, Habsucht der kleinen Lokaltyrannen, denen an jeder Station und oft sogar mehrmals täglich Tribut in bunten Stoffen und Glasperlen entrichtet werden mußte, von wilden Tieren und quälenden Mücken.

Der Brief war vom Juli. Die nächsten Berichte aus Ugogo wurden von einer arabischen Karawane nach Zanzibar gebracht und von dort sofort nach Algier telegrafiert: Zwei Patres an den Strapazen gestorben, der Rest nach Erschöpfung aller Mittel ebenso am Weitermarsch wie an der Rückkehr zur Küste gehindert. Anfang Jänner 1879 sprach eine genauere Meldung davon, daß der eine Weiße Vater dem Fieber, der andere jedoch einem Löwen zum Opfer gefallen sei. Das erwies sich zum Glück später als eine Fehlmeldung: Zwar hatte sich ein gewaltiger Löwe dem Lager der blockierten Missionare genähert, war aber nach lautem Gebrüll wieder friedlich abmarschiert. Richtig war hingegen die traurige Botschaft vom Fiebertod des P. Joachim Pascal, des designierten Apostolischen Vikars von Tanganjika.

Inzwischen trafen mit einem Militärtransport aus Bagamojo frische Reisegelder und Lebensmittel ein, sodaß die neun Überlebenden ihren Marsch ins Innere fortsetzen konnten. Im Jänner 1879, als in Algier erst die Hiobsbotschaften aus Ugogo einlangten, pflanzten die Weißen Väter an ihrem Ziel Kawele am Ufer des Tanganjikasees das Kreuz auf. Und bald erreichte sie hier das erste Sendschreiben Lavigeries an seine ostafrikanische Mission:

„Ein Wettrennen hat im Herzen Afrikas begonnen. Grenzen werden willkürlich gezogen . . . Im Streit der Nationen, von dem die Zukunft Afrikas abhängen wird, steht Ihr schutzlos zwischen den Fronten. Ihr dürft Euch weder auf die eine noch auf die andere Seite schlagen. Für Euch kann es nur ein Interesse geben: Euer Glaube und die Menschlichkeit . . . Nicht durch Worte, sondern vor allem durch Taten sollt Ihr dies stets beweisen . . . Das neue Afrika wird nicht von Europäern gebaut. Egal, ob sie Missionare sind oder nicht. Europäer können nur Wegbereiter sein . . . Als solche müssen sie sich darauf beschränken, Afrikas beste Söhne und Töchter heranzubilden. Diese erst werden dann die eigentlichen Führer ihrer Brüder sein . . . Mit Absicht habe ich gewollt, daß in unserer Gemeinschaft alle Nationen vertreten sind: Franzosen, Engländer, Deutsche, Afrikaner, Schweizer, Belgier usw. Unsere Gemeinschaft mag die letzte und bescheidenste unter allen Missionsgesellschaften sein. Eines aber soll man von ihr immer behaupten können, daß sie nämlich katholisch im wahrsten Sinne des Wortes ist . . .

Im Gehorsam verpflichte ich Euch, in Afrika die Landessprache zu sprechen, auch unter Euch. Ihr sollt Euch keines Dolmetschers bedienen. Ich halte diesen Punkt für wichtiger als alle anderen. Jeder Neuankömmling aus Europa soll spätestens nach sechs Monaten die Sprache der Stämme sprechen, bei denen er lebt und arbeitet. Andernfalls wird er nach Europa zurückgeschickt . . ."

Am 16. März 1879 wurde die Regel der Weißen Väter

nach ein paar Abänderungen durch den österreichischen Jesuitenkardinal Franzelin von Papst Leo XIII. vorapprobiert. Und am Herz-Jesu-Fest, dem 20. Juni 1879, brach von Algier die zweite Karawane nach Ostafrika auf, mit ihr sechs Laienhelfer aus Schottland und Belgien sowie die ersten Weißen Brüder aus Deutschland, die aus der Diözese Würzburg gebürtigen Hieronymus Baumeister und Maximilian Blum. In weniger als drei Monaten hatten sie das Küstenland und das gefährliche Ugogo hinter sich gebracht und erreichten Tabora im zentralostafrikanischen Unjamjembe. Hier trennten sich die für Uganda und Tanganjika bestimmten Glaubensboten. Die letzteren blieben aber nicht bei ihren Mitbrüdern im Gebiet von Udschidschi, sondern drangen mutig zu den primitiven Fetischisten von Urundi vor. Sie brachten diesen, sobald sie einmal den ersten Schrecken überwunden hatten, freundlichen Stämmen noch vor der Glaubensverkündigung den Anbau von Getreide und Reis bei, die an den fruchtbaren Seeufern prächtig gediehen.

Ebenso glücklich ließ sich alles im Norden um den erst 1875 von Stanley erforschten Nyanza- oder Albertsee an. In seinem Süden herrschte der Kabaka-König Mtesa über das fruchtbare Reich von Uganda oder Buganda mit seinen drei Millionen Einwohnern. Zugleich mit den Weißen Vätern trafen anglikanische Glaubensboten der „Church Missionary Society" an seinem Hof ein. Beide wurden freundlich aufgenommen. Mtesa träumte davon, mit christlicher Hilfe ein starkes innerarabisches Reich aufrichten zu können und so dem Vordringen der Ägypter am Nil und des Sultanats Zanzibar von der Küste her Einhalt zu gebieten. Eine Idee, die späteren Plänen Lavigeries ähnelte, mit der Mission dem Vordringen des Kolonialismus zuvorzukommen und die Großmächte vor die vollendete Tatsache eines freien Staates afrikanischer Christen im Inneren des Kontinents zu stellen.

Der Kabaka erlaubte den Weißen Vätern die freie Glaubensverkündigung in ganz Uganda. Zu Ostern und Pfingsten 1880 konnte P. Livinhac die ersten Katechumenen taufen, unter ihnen königliche Pagen und Soldaten der Waskari-

Leibgarde. An der Weihe der Ugandamission an die Unbefleckte Empfängnis Mariens am 8. Dezember nahmen König Mtesa und sein Mohami-Adel eifrig teil. Zur Annahme des Christentums konnten sie sich aber genausowenig entschließen: Mit über 1.000 Frauen in seinem Palast war der Kabaka für die kirchliche Einehe einfach nicht zu haben. Und ähnlich verhielt es sich mit den anderen „Großen" von Buganda. Für die Armen hingegen, die sich ohnedies nur eine Frau leisten konnten, war es viel einfacher, Christen zu werden. „Selig die Armen", schrieb der Weiße Vater P. Lourdel darüber an Lavigerie.

Das mörderische Klima in Ostafrika forderte aber schon im selben missionarischen Erfolgsjahr 1880 acht Todesopfer unter den Patres, Brüdern und Laienhelfern. Am 10. Oktober 1880 mußte daher gleich wieder eine Karawane, die dritte, abgehen, kurz nachdem der 38jährige P. Charbonnier zum neuen Generaloberen der Weißen Väter bestellt worden war. Sie umfaßte diesmal sechs Patres und neun Laienhelfer, an ihrer Spitze Hauptmann Joubert, der als französischer Freiwilliger im Kirchenstaat bis zum letzten Gefecht an der Porta Salaria im September 1870 gekämpft hatte.

Schon Papst Pius IX. hatte sich mit dem Gedanken getragen, Lavigerie in Anerkennung seiner außerordentlichen Verdienste um die nordafrikanische Mission zum Kardinal zu erheben. Dazu war jetzt unter Leo XIII. der noch überzeugendere Erfolg der Weißen Väter in Ostafrika getreten. Als neuer Präsident der französischen Republik hatte sein alter Gegenspieler in Algier, Mac-Mahon, die Verleihung des roten Hutes aber immer wieder zu verhindern gewußt. Die zunehmend antiklerikale Politik der französischen Regierung, die am 28. Mai 1881 schließlich sogar Priester und Ordensleute zum Kriegsdienst nötigte, enthob den Heiligen Stuhl jedoch nach und nach aller Rücksichten auf die Pariser Einwände gegen die Aufwertung des Erzbischofs von Algier. Außerdem wurde Lavigerie im selben Jahr nach der Besetzung Tunesiens durch die Franzosen zum Apostolischen Administrator des altchristlichen Primats-Sitzes Carthago bei Tunis mitbestellt. Jetzt war seine Erhebung zum Kardinal unausweichlich geworden. Zu Ostern 1882, als der Erzbischof auf dem Hügel von Byrsa bei Tunis seine König Ludwig dem Heiligen geweihte Pro-Kathedrale einweihte, empfing er den roten Zucchetto aus der Hand des päpstlichen Abgesandten Conte Cecchini.

Kathedrale von Karthago

Der Jubel in Tunis, Algier und vor allem bei den Weißen Vätern von Maison Carree wurde nur durch die Nachricht getrübt, daß auch die ostafrikanische Mission ihre drei ersten Blutzeugen gefordert hatte:

Am Tanganjika hatte sich P. Deniaud durch den Freikauf junger Negersklaven hervorgetan und für diese eine Schule mit Internat eingerichtet. Damit zog er sich aber zugleich die Feindschaft der kriegerischen Wabikari zu, die den arabischen Sklavenhändlern die meiste Beute zutrieben. Nachdem sie mehrmals auf der Mission erschienen waren, um gegen die Sklavenkäufe P. Deniauds zu protestieren, fielen sie in der Nacht des 4. Mai in großer Zahl über die Station am See her. Der Apostolische Vikar trat den Wilden mit P. Augier und einem belgischen Missionshelfer, d'Hoop, entgegen, um sie von seinen schwarzen Schützlingen abzulenken. Dieser kühne Schritt hatte den gewünschten Erfolg, kostete die drei jedoch das Leben. Als erster fiel P. Augier mit tödlichen Wunden, der Belgier von einer Lanze durchbohrt an seiner Seite. P. Deniaud, von acht Hieben der Wabikari-Keule getroffen, konnte ihnen gerade noch die Absolution erteilen, ehe er selbst für immer die Augen schloß. Aus den ersten drei Weißen Vätern, die 1876 ihr Blutzeugnis in der Sahara abgelegt hatten, waren sechs geworden.

Inzwischen hatte Lavigerie mit der Ausdehnung seiner Verantwortlichkeit auf Ostafrika und Tunesien seinen alten Traum von einem Vorstoß nach Timbuktu nicht aufgegeben. Ghadames war in den Jahren seit dem mißglückten Vorstoß von P. Richard bis vor die Tore von Ghat unter Leitung desselben Paters zum Zentrum aller neuen Vorbereitungen für eine Saharadurchquerung geworden. Als die Patres dort vom

Im Hafen von Tripolis

Märtyrergruft von Felicitas und Perpetua

Aufbruch der dritten Missionskarawane nach den Großen Seen hörten, erbaten sie von Lavigerie die Erlaubnis, doch auch einen dritten Vorstoß in Richtung Sudan unternehmen zu dürfen.

Der Erzbischof hatte zunächst gezögert. Immerhin errichtete er als zweite Ausgangsbasis neben Ghadames eine „Sudanesische Missionsprokur" in Tripolis. Sie eröffnete ein kleines Spital, in dem gleich am ersten Tag 682 Kranke Zuflucht suchten. Und am 6. April 1881 erteilte endlich der neue Generalobere Charbonnier P. Richard und zwei anderen Weißen Vätern die Erlaubnis, noch einmal den Vorstoß nach Ghat zu wagen. „Marabut" Richard war der einzige, dem man ein solches Unternehmen noch einmal zutrauen durfte. Außerdem schlug er diesmal den Weg durch die Hammada von Tinghard ein, um so auf den Karawanenweg von Wargla nach Ghat zu gelangen. Zwar war auf diesem erst im Vorjahr die Expedition von Oberst Flatters niedergemacht worden, doch glaubte, sich der Pater auf die dortigen Stämme mehr verlassen zu können.

Er sollte sich getäuscht haben. Nachdem der kleine Zug am 9. Dezember aufgebrochen war, erreichte er am 21. die Kreuzung der Karawanenwege. Während ihre Begleiter aus Ghadames Wache hielten, legten sich die Patres zur wohlverdienten Ruhe. Girard hatte in den vergangenen Nächten selbst gewacht und glaubte sich hier, an dem vielbegangenen Kreuzweg, ein paar Stunden Schlaf gönnen zu dürfen.

Alle drei sind sie nie mehr aufgewacht. Die Führer waren Verräter, hinter denen schon seit Ghadames ein starker Trupp Azgar versteckt nachgezogen war. Jetzt fielen sie auf ein vereinbartes Zeichen über die Schlafenden her, töteten Richard und Morat durch Kopfschüsse und durchbohrten P. Pouplard mit ihren Lanzen. Wieder war die Sahara mit dem Blut der Weißen Väter getränkt.

Die Märtyrer von Uganda

In Uganda ging die Missionsarbeit zu Beginn der achtziger Jahre stetig und in Frieden voran. Dazu trug nicht nur das bleibende Wohlwollen König Mtesas, sondern auch die Naturreligion der Bagandas bei, die an einen einzigen Gott und Weltschöpfer glaubten. Dieses Fundament erleichterte die christliche Verkündigung. P. Lourdel arbeitete deshalb an einem Baganda-Wörterbuch, das die wichtigsten religiösen Ausdrücke zugleich verständlich und vertraut wiedergeben sollte. Für den Teufel übernahm er zum Beispiel die den Bagandas geläufige Bezeichnung für böse Geister: Lubali.

P. Lourdel war auch der erste, der am dauernden Bestand des guten Verhältnisses mit dem Kabaka zu zweifeln begann. Sicher ließ sich dieser von dem Weißen Vater persönlich Religionsunterricht erteilen, kam gerne zum Gottesdienst und lobte die katholische Kirche. Doch ließ er ebensowenig von seinen grausamen Sklavenjagden wie den üppigen Haremsfreuden. Und so war zu fürchten, daß er nicht immer auf halbem Wege stehenbleiben, sondern sich erst recht gegen die Missionare wenden würde, deren Beispiel ihm täglich den Spiegel seiner eigenen Triebhaftigkeit vor Augen hielt.

Tatsächlich begann Mtesa seine Gunst mehr und mehr den Muslimen zuzuwenden, die sich in wachsender Zahl an seinem Hof einfanden. Da brauchte er sich wegen seines Frauenverschleißes allerdings keine Skrupel zu machen. Zwar wagte es der König nicht, direkt gegen die Missionare vorzugehen, doch bekamen die Christen seiner Umgebung den neuen Wind bald zu spüren.

So wurde der Chef der königlichen Pagen, ein Katechumene, zum Feuertod verurteilt, weil ihn eine der Haremsdamen beim Kabaka verklagt hatte. Dabei war sie es, die den stattlichen jungen Mann an sich locken wollte. Nach seiner standhaften Weigerung beschuldigte sie ihn genau des Gegenteils. Als er vor dem König jeden Vorwurf zurückwies, ließ ihm Mtesa die Sohlen anbrennen. Der Page blieb aber fest bei seiner Unschuld.

„Dann wirst du eben morgen zur Gänze verbrannt", zischte der Tyrann.

P. Lourdel durfte den Gefangenen in seiner letzten Nacht besuchen.

„Ich fürchte mich nicht vor dem Scheiterhaufen", sagte ihm schlicht der Todgeweihte.

„Soll ich dich jetzt taufen?"

„Danke, Père, ich wußte nicht, daß sie zu mir kommen könnten. So hat mich schon ein Wächter von der Leibgarde getauft, der längst ein Christ ist."

„Hat er dir einen Namen gegeben?"

„Nein", lächelte der junge Mann unter den Schmerzen seiner verbrannten Füße, „das haben wir ganz vergessen."

„Was meinst du zu Laurentius?"

„Ist das nicht ein bißchen lang und schwierig, Père?"

„Es ist der Name eines heiligen Diakons, der für den Glauben an den Heiland den Feuertod erduldet hat."

„Dann will ich ihn gerne tragen und ihm Ehre machen."

Bald bekamen abgelegene Missionsstationen den Zorn des Königs ebenfalls zu spüren. Sklavenjagden wurden bevorzugt in ihrem Gebiet abgehalten, Männer, Frauen und Kinder nach den Zaribas der arabischen Menschenhändler im Südsudan verschleppt.

Da starb Mtesa in seiner Unentschlossenheit und seinen Sünden. Die Nachfolge trat sein jüngster Sohn Mwanga an, der zu den Lieblingsschülern der Weißen Väter gehörte. Und so hatten sie berechtigte Hoffnungen, daß der neue Kabaka eine Art Konstantin von Uganda werden könnte. Die Muslime waren sogar überzeugt davon. Mit der Flüsterpropaganda, daß Mwanga als erste Amtshandlung die Polygamie verbieten wollte, zettelten sie eine Verschwörung an, die jedoch mit christlicher Hilfe rechtzeitig aufgedeckt wurde.

Lavigerie teilte den Optimismus seiner Missionare. Er erreichte in Rom die Ernennung des Apostolischen Vikars von Victoria-Nyanza, P. Livinhac, zum Titularbischof. Der junge

König berief einen Teil der Weißen Väter an seinen Hof, um ihren Rat ständig verfügbar zu haben. Wieder einmal schien die Vision von einem freien christlichen Reich afrikanischer Kultur unter der Nase der ausbeuterischen Kolonialmächte vor ihrer Verwirklichung zu stehen.

Diese hatten sich aber eben im November und Dezember 1884 in Berlin versammelt, um die letzten weißen Flecken auf der Karte Afrikas untereinander aufzuteilen. Uganda wurde dem britischen Empire zugeschlagen. Sein erster Minister, der Katikiro, verstand es, das Mißtrauen des unerfahrenen Kakaba gegen die Missionare als Vorboten und Wegbereiter dieser imperialistischen Expansion zu wecken. Was jedoch den Ausschlag gab, waren die abwegigen Gelüste Mwangas auf seine jungen Pagen, denen sich die Christen unter ihnen mannhaft widersetzten.

Das erste Opfer der Verfolgung wurde so einer der besten Neuchristen, der königliche Vertraute Josef Mkassa. In Ketten wurde er zum Richtplatz geführt. Seine letzten Worte zu dem Henker waren:

„Sage Mwanga, daß er mich zu Unrecht hinrichten läßt. Ich verzeihe ihm aber aus ganzem Herzen. Doch warne ihn. Wenn er sich nicht bekehrt, werde ich vor Gottes Thron gegen ihn aufzutreten haben."

Die anderen Pagen des Hofes folgten dem heldenhaften Beispiel von Josef Mkassa. Die noch nicht getauft waren, ließen sich von P. Lourdel das Sakrament spenden. Der Apostolische Vikar P. Livinhac war — welche Ironie des Schicksals — bei Lavigerie, um die Insignien seiner neuen bischöflichen Würde in Empfang zu nehmen.

Nach dem Martertod des ersten christlichen Blutzeugen von Uganda ließ Mwanga zunächst keine anderen Hinrichtungen folgen. Wer von den Pagen den Glauben nicht verleugnen oder ihm nicht zu willen sein wollte, dem wurden die Ohren abgeschnitten. So auch dem kleinen Paul Kiwanuka, der fast noch ein Kind war. Diese Art Waffenstillstand war eine Folge der angekündigten Rückkehr von Bischof Livinhac. Am 20. März 1886 traf dieser endlich auf der Missionsstation von Kamoga in Bukumbi im Süden des Albertsees ein und erfuhr die schrecklichen Neuigkeiten. Zu seiner noch größeren Überraschung warteten aber 15 Staatsboote auf ihn, um ihn ehrenvoll zum König zu geleiten. Wollte er den Kabaka nicht erst recht reizen, so durfte er das Angebot nicht ausschlagen.

Kaum war er jedoch am Hof eingetroffen, so brach die eigentliche Christenverfolgung aus, zu deren Zeugen ihn der sadistische Herrscher offenbar bestimmt hatte. Anlaß dafür war der Übertritt einer Halbschwester des Königs, der Prinzessin Namalsi, zum Christentum, wobei sie den Namen Klara annahm. Zusammen mit ihrem schon früher getauften Mann, Josef Kadu, verbrannte sie in ihrer Eigenschaft als Hüterin der Königsgräber von Uganda die in diesen aufgehäuften heidnischen Amulette.

Als Mitglieder der königlichen Familie war das Paar gegen jede Verfolgung gefeit, doch entbrannte der Haß Mwangas jetzt erst recht gegen die Hilflosen. Seinen Pagen Dionysius Sebbugao, den er mit einem Katechismus in der Hand überraschte, durchbohrte er eigenhändig mit dem Schwert. Dann wurden die Tore des Palastes für alle Pagen zwischen 15 und 25 Jahren geschlossen.

P. Lourdel, der davon in der Nacht erfuhr, marschierte im strömenden Tropenregen drei Stunden herbei, um beim König zu intervenieren. Doch wurde ihm der Zutritt verwehrt.

Während der ganzen Nacht ließ Mwanga die verschiedenen Pagengruppen, die Kambi, die Bagalagala, die Gefolgschaft von Karl Luanga und seinem kleinen Bruder Kisito, an sich vorbeiziehen. Sie hatten zwischen einem schrecklichen Tod und Glaubensabfall zu wählen, der zugleich mit Preisgabe ihrer Reinheit an die Verderbtheit des Tyrannen gleichbedeutend war. Und keiner der Christen wurde wankelmütig.

Am nächsten Morgen traf endlich der Bischof ein und erlangte eine Audienz beim König. Mwanga schien sich zunächst von den Vorhaltungen des Oberhirten beeindrucken zu lassen. Dann erlitt er jedoch einen Wutausbruch, ließ Monsignore Livinhac hinauswerfen und gab den Befehl zur Hinrichtung der Christenpagen. Um ihre Qual zu steigern und zu verlängern, wurden sie an kleinen Feuern regelrecht gebraten, als erster der unerschrockene Karl Luanga. Dann der Sohn des Henkers Mkadschanga, der nach den Drohungen des Königs nun auch allen Bitten seines Vaters zum Glaubensverrat widerstand. Ringsum wurden alle Scheiterhaufen in Brand gesteckt, junge Menschen in Reisigbündeln, von den Füßen her. Es vergingen Stunden, bis ihre betenden, lobpreisenden oder auch stöhnenden Lippen verstummten.

Fülle eines Lebens

Kardinal Lavigerie, der aus der Ferne die Qualen der Glaubenszeugen von Uganda mitgelitten hatte, blieb an seiner Zentrale in Algier oder am neuen Primatialsitz von Carthago weiter der Kopf, das Herz und die Seele aller Unternehmungen der Weißen Väter in ganz Afrika. Ob es sich nun um den Wiederaufbau der Ostafrikamission nach den Greueln Mwangas oder die Begegnung der Gefahr einer Ausbreitung der christenfeindlichen Senussi-Derwische aus der Cyrenaika in die Sahara herüber handelte. Doch bei aller ungetrübten Schärfe des Geistes und ungebrochenen Seelenstärke ließ die körperliche Gesundheit dieses Missionsgiganten immer mehr zu wünschen übrig. Das vor allem seit den Anfeindungen, denen er sich 1890 nach seinem berühmt-umstrittenen „Toast von Algier" ausgesetzt sah. Der Erzbischof glaubte, daß 20 Jahre nach dem Sturz Napoleons III. endlich die Zeit gekommen war, die fast ausschließlich monarchistischen Katholiken Frankreichs mit der Republik auszusöhnen und damit auch der antiklerikalen Haltung der Regierung jede politische Begründung zu nehmen. Und so benützte Lavigerie einen französischen Flottenbesuch in Algier, um sein Glas auf die republikanische Führung und ein künftig besseres Verhältnis zwischen Staat und Kirche zu erheben. Wenige weitblickende Männer, an ihrer Spitze Papst Leo XIII., dankten ihm diese kluge Initiative. Die Mehrzahl der französischen „Schwarzen" erblickten in dem Kardinal einen Überläufer oder gar einen verblödeten Greis, der über seine „Braunen und Schwarzen" den Sinn für europäische Kirchenfragen verloren habe. Bekümmert zog sich Erzbischof Lavigerie im Winter 1890/91 nach Biskra in Südalgerien zurück. Das trockene Wüstenklima linderte sein altes Leiden, die Gicht, die fast keinem Mitteleuropäer nach Jahren im feuchtheißen Afrika früher oder später erspart bleibt. Gleichzeitig benützte er die Nähe zur Sahara für die Organisierung eines regelrechten Kreuzzugs von Freiwilligenverbänden aus aller Welt zur Unterdrückung der Reste von Sklavenhandel zwischen den Sudanländern und den noch türkischen Märkten der Menschenhändler in Mursuk und Ghadames. Er stand in regem Briefwechsel mit Marienthal, dem neuen Postulat für Weiße Väter aus Deutschland in Luxemburg. Er tröstete die Katholiken Ugandas in ihren frischen Nöten mit dem vordringenden Islam.

Letzter Ruhesitz Lavigeries bei Turin

1892 konnte Lavigerie in Algier und Tunis sein silbernes Bischofsjubiläum auf afrikanischem Boden feiern. Gerade Tunesien, das der Erzbischof 1881 als Administrator von ein paar vorwiegend italienischen Diasporagemeinden übernommen hatte, zählte jetzt über 100.000 Katholiken. Dann ging es mit dem zähen Kämpfer jedoch rasch bergab. Das Herz wurde von den immer heftigeren und häufigeren Gichtanfällen schwer in Mitleidenschaft gezogen. Charles Lavigerie begann sich auf die Ewigkeit vorzubereiten. Wenn er von seinem „Refugium" beim Waisenhaus der Weißen Schwestern am Dschebel Chauwi über die von ihm mit neuen Kirchen, Klöstern und Seminaren geschmückten Ruinen des christlichen Karthago zur Bucht von Tunis blickte, an die Kabylei und Sahara, Tanganjika, Uganda und den Orient dachte, konnte er auf ein wirklich erfülltes Leben zurückblicken. Das für eines seiner zentralen Anliegen, die Islammission, aber immer noch zu kurz wurde. In seine Weißen Väter, in ihre Laienhelfer und in das kommende Jahrhundert setzte er da alle Hoffnungen:

„Die Senussis mit ihrem Vordringen gegen die Mission in Nord- und Ostafrika sind nur ein Vorzeichen", sagte der Kardinal in einem seiner letzten Gespräche. „Der Islam wird so erstarken, daß er die Kirche und Europa wieder echt und mehr gefährdet, als er das vor Jahrhunderten schon einmal getan hat. Mission wird dann zur unausweichlichen Selbstverteidigung der Christenheit. Sie kann aber nur dann gelingen, wenn das beherzigt wird, wozu ich meine Söhne und Töchter, die Weißen Väter und Schwestern, von Anfang an ermahnt habe: In allem außer dem spezifisch Christlichen selbst Araber und Muslime zu werden, um ihnen die Einzigartigkeit der Frohbotschaft unbelastet, für sie verständlich und gewinnend verkünden zu können."

Lavigerie war nicht mehr imstande, Tunis für den kommenden Winter mit Biskra zu vertauschen. Am 26. November 1892 gab er im erzbischöflichen Palais von Marsa den Geist auf. Sein letzter Wunsch wartet bis heute auf Erfüllung ...

„Missionare, die Geschichte machten"

BEREITS ERSCHIENEN:

Roberto de Nobili (1577—1656), Indien
Pia Maria Plechl
„Mit Haarschopf und Kastenschnur"

Bischof Emil Grouard (1862—1922), Kanada
Heinz Gstrein
„Ich scheue keine Mühe"

Sepp von Rainegg (1655—1733), Paraguay
Franz Braumann
„3000 Indianer und ein Tiroler"

Daniele Comboni (1831—1881), Sudan
Heinz Gstrein
„Unter Menschenhändlern im Sudan"

Charles de Foucauld (1858—1916), Algerische Sahara
Hildegard Waach
„Die Sahara war sein Schicksal"

Bernhard Huss (1876—1948), Afrika
Adalbert Ludwig Balling
„Ein Herz für die Schwarzen"

Dr. med. Anna Dengel (1892—1980), Asien, Afrika
Pia Maria Plechl
„Die Nonne mit dem Stethoskop"

Albert Lacombe (1827—1916), Kanada
Josef Schulte
„Der große Häuptling der Prärie"

VERLAG ST. GABRIEL, MÖDLING - WIEN

„Missionare, die Geschichte machten"

BEREITS ERSCHIENEN:

Adam Schall (1592—1666), China
Ernst Stürmer
„Meister himmlischer Geheimnisse"

Gerhard Kraut (1881—1968), Kanada
Hermann Lembeck
„Es ist zu kalt, um verliebt zu sein"

Jean Le Vacher (1619—1683), Tunis und Algier
Heinz Gstrein
„Der Heilige aus der Kanone"

Matteo Ricci (1552—1610), China
Ernst Stürmer
„Vorstoß zum Drachenthron"

Josef Freinademetz (1852—1908), China
Sepp Hollweck
„Bringt den fremden Teufel um"

Guglielmo Massaia (1809—1889), Äthiopien
Rosalinda Filosa
„In Gunst und Zorn des Negus"

Franz Pfanner (1825—1909), Afrika
Adalbert Ludwig Balling
„Er war für Nägel mit Köpfen"

Ansgar (801—865), Skandinavien
Hannes Gamillscheg
„Ich kenne keine Angst"

VERLAG ST. GABRIEL, MÖDLING - WIEN